U0057613

AQUARIUS

AQUARIUS

AQUARIUS

AQUARIUS

每個人心中都有一座島嶼，

藉文字呼息而靜謐，

Island，我們心靈的岸。

〈不安全的慾望〉

葉佳怡

【推薦序】

溫柔而勇敢的出走

曾珍珍（國立東華大學英文系教授）

維吉尼亞．吳爾芙（Virginia Woolf, 1882-1941）一生未嘗將旅遊書寫結集出版，因為她極少動筆寫遊記；出國旅遊似乎並非她的嗜好。終其一生，她未曾涉足美洲大陸。歐洲之外的地方，僅於一九〇六年與畫家姊姊結伴到過位於歐亞交界的伊斯坦堡。後來，這座鄂圖曼帝國的古都，為她的傳奇經典《歐蘭朵》主角由男變女的關鍵情節，提供了奇幻的場景。一九九七年，英國知名的旅遊作家珍．莫蕾絲（Jan Morris, 1926-）從吳爾芙的日記和書信中擷取她在英國境內和異域他方的旅行見聞，輯成《與吳爾芙同遊》（Travels with Virginia Woolf）一書。在導言裡，莫蕾絲不忘提點讀者，吳爾芙在《達洛威夫人》（Mrs. Dalloway）這本小說中描寫倫敦街頭所呈現的敏銳、獨到「地方感」（the sense of place），一樣飽滿、淋漓地流貫在她抒寫異地他鄉的散筆紀實中。拋開不可避免的族群偏見和階級意識不論，她別具一格的「旅人凝視」（the tourist gaze），與男性旅遊書寫不同調性，並不著眼於再現觀光景點的地貌與歷史，一種客觀知識的鋪陳與導覽，也不作興涉入政治評論。反之，日記與書信的私密書寫形式，容許她肆意捕捉個人感官知覺觸景興發的瞬間，筆端流露的是旅次途中靈光乍現的驚喜與歡愉。「幾乎不具形體；近乎透明；像住在一隻水母裡，憑綠光照明。」——五十六歲的吳爾芙這樣描寫雨中的蘇格蘭司凱伊島（The Island of Skye），其實也寫出了自己官能開放、在水中漂浮的靈體。感應於空間中，吳爾芙引物連類，意到筆隨，全人與景色交融，泯除物我界分的詠物書寫，活脫體現了海德格所推崇的空間詩學——無論在地或他方，以知性體認與尊重物性繽紛、差異之同時，也無礙於感性水漾般的詩意居住。

葉佳怡從台大外文系畢業後，移居花蓮，就讀於東華大學創作與英語文學研究所。《不安全的慾望》這本或許會被歸類為旅遊書寫的散文集，具體展現了她在創英所以愛蜜莉．狄瑾蓀（Emily Dickinson, 1830-1886）和吳爾芙為師，所習得的空間詩學。吳爾芙點撥她隨地水漾般「詩意居住」的訣竅，而狄瑾蓀以山海地景、花鳥蜂蝶等象徵隱喻女性身體，寫活慾望穿越內外空間無邊無界的流動，開啟了女性身體前衛書寫之先河。她的靈視出入於超世達觀與微觀入神之間，無論觀物、內省或知人論世，敏於呈現正反觀點的辯詰與並立，對葉佳怡遊走在此地、他方多向度的視角移動有所啟迪。倘若如她在〈後記〉裡的自述，是因迷戀奧罕．帕慕克（Orhan Pamuk, 1952-）的在地書寫《伊斯坦堡》吸引她前往旅遊，希望藉此讓她「身邊的此地立體起來」，那麼，置身在他方「瘋狂吞吃」的葉佳怡，她的官能感應、美學與倫理取捨、想像的衍生，以及思緒與文字律動的洗練應節，其實受惠於狄瑾蓀和吳爾芙的先導居多。〈底下有一隻野貓〉這篇因博斯普魯斯海峽兩岸陡峭坡地地貌引發的奇文，從如何描述野貓正確的位置（涉及視角的隨境靈動）談及在性別倫理脫序、斜仄的世界裡，人們如何藉由酒趣調理人情的疏離與聚合，可說已把兩位先驅的女性空間詩學變奏、引渡入後現代都會書寫中了。思想視角向著全球化世界多元開放，更讓她除了內省之外，也觀照到了不同處境的旅人身影：穿著連帽衫的黎巴嫩男子、隨地做筆記的北美背包客、逃亡的新疆維吾爾青年。就這個面向看，葉佳怡選擇出走他方（她的他方包括了花蓮和伊斯坦堡），學習解構成見，秉持「不安全的欲望」，面對全球化資本主義對各類空間的強蠻同化，提出捍衛差異的文化反思，她已儼然用自己的女性書寫形塑出了克里絲蒂娃（Julia Kristeva, 1941-）所謂的新知識份子／異議者的形象。

「我們的時代是一個流亡的時代。如何能避免陷入成見的泥沼中，除非成為自己的國家、語言、性別和身份的異鄉人？若無某種形式的放逐，寫作是不可能的。」一九七七年保加利亞流亡作家和學者克里絲蒂娃以法文在Tel Quel雜誌發表了革命性的社論〈一種新型態的知識份子：異議者〉。她認為放逐的本身已經是一種異議的形式。放逐讓人切斷任何連結，包括對特定宗教的依附（宗教不同於信仰，依祈克果的看法，如果信仰是烘焙過的茶葉，宗教只不過是用擱在抽屜內包有已沖泡過三次茶葉的紙旁的那張紙沖泡出來的茶），不再相信所謂的人生有一種「先人」可擔保的意義。如果意義存在於放逐中，它就需要不斷地隨著地域與論述的轉化生發與毀滅。放逐是當著「先人」的面勇敢求生，與死亡打賭，這才是活著的意義，頑強地拒絕向死的律法投降。此外，她認為所有勇於用身體思考，挑戰父權象徵次序的女性，是當代異議者的典範。應該就是類似的體悟讓葉佳怡將自己出走他方的書寫取名為《不安全的慾望》吧，且用溯溪時喜歡爭先冒險往溪心一躍，與死亡打賭，作為詮解：「亟於證明自己勇敢、不計後果，而且還能冒險犯難並進而發現新世界。新世界是個模糊的詞彙，慾望卻熱切。然而當時的我還不明白：後果冷冽，卻最接近真實，如果不懂得應對這些因為冒險而帶來的損傷，人無法接近任何溫暖。」

葉佳怡是個有慧根的寫作者，既擅長觀察，又敏於思辨。將花蓮壽豐台十一線丙詭稱為「出賣路」，她用貼近群眾的白話、年輕人率真的口吻，舉重若輕，寫出近乎異議哲學家的靈魂。而寫伊斯坦堡清真寺外頸子掛著念珠的貓，寫當包頭巾的女子從身旁走過，從她的髮絲弧度與香氣意識到神祕的慾力，她的筆致，像吳爾芙般，帶給我們與她同遊的感官歡愉。文字自然、清新，情緒與思想的轉折隱然有著音樂性的律動，許多片段因此像散文詩一般耐讀而發人深省。這本散文集可說見證了台灣文壇一位年輕知識份子／異議者溫柔而勇敢的誕生！轉益多師是吾師，葉佳怡生活於後現代的台灣，用高度原創的吸收與涵納，為自己在狄瑾蓀、吳爾芙、克里絲蒂娃所開拓出的世界女性書寫系譜中，暫時找到了身分座標，期許她繼續出走，在下一本書中帶我們闖蕩更遠、更真實的他方。

目錄

伊斯坦堡

少女的眼淚

少女的眼淚如雨，是文藝電影中潔淨的聖水。

悲傷往往有其悖反的一面。許多時候當悲傷最是深沉，展現出來的反而是輕鬆、是看破、是知道一旦放鬆就無法回收的堅毅。少女的眼淚卻是最徹底的反面，她們哭，她們讓世界如聚光燈打在聚了淚水的眼睫，但我們都知道那悲傷終會過去，於是我們縱容自己感同身受，縱容自己欣賞那美，濕淋淋如同最純潔的色慾。

在台北，要是有這麼一位少女在大眾運輸系統上淚眼如花，大家或許坐立不安，或許好奇地議論窺探，但總之無人會主動干涉。這裡的人對情緒害怕，對表達自己的情緒更為害怕；要是在深夜的紐約，或許就要看地域，要是在治安較差的區塊，或許會有警察上前探問，要是在夜生活林立之處，或許會有人上前搭訕，用指尖立刻為你揉合色慾與溫情。那麼在伊斯坦堡呢？

伊斯坦堡的少女大多戴著頭巾，真正穿全身黑衣蒙面的只有已婚婦女，甚至在已婚婦女當中都是少數。和政教合一的回教國家不同，土耳其的法律不認可一夫多妻制，當然在大都市更無法看到這種現象，再加上這個國家及大部分人民迫切想證明自己身為歐洲的一分子，於是即使這個城市充滿回教氣氛，也多少攙雜了歐洲的情調，而伊斯坦堡的少女因此成為其中最魅惑的象徵。她們既是拘謹又奔放，當中個性極端的展現更是隨處可見。

女人身體總有此般宿命，越是包裹，越是惹人猜疑，就連頭巾這樣簡單的裝飾也不例外。在來到伊斯坦堡前，我承認頭髮的存在有其美感，但來到這個大部分女人戴著頭巾的城市，我才意識到髮絲的弧度與香氣有其神祕的慾力。有時一位看似包裹拘謹的女孩，身上穿著碎花服，頭巾素淨，我卻在兩人接近時看到一縷深棕色的髮絲勾在她的耳畔，不知是身上或髮際還散發出花香。更多女性全身穿著現代衣飾，開襟毛衣、牛仔褲再搭上短靴，頭上卻還是搭上喀什米爾羊毛或蠶絲的高級頭巾。當我看得越多，那款式越華麗，有織了金絲進去的，也有些隱隱透出花葉紋路。

你甚至懷疑，一位中東長相的婦女，即使從未信仰阿拉，但當她將頭巾當作配飾般穿戴時，你也無法分辨其中差別。因為原先凝結在衣飾上的宗教符碼正慢慢於美學中消融，圖案的蔓延一點一滴將頭巾從符號還原為物件，再將物件轉化為符號，只是這次，是時尚的符號。

你知道，越界可以很大膽，但也能非常輕巧。

正如同少女眼淚如雨，輕易穿透時間邊界，曾經當我身為少女，哭泣非常容易。台北是雨織的城市，無論如何穿梭都甩不去曾經身為湖泊的潮濕，彷彿歷史宿命，我在其中只能時起時沒。不過雖然同樣讓人潮濕，眼淚卻給我可能的逃脫。我哭，那並不讓我與台北交融，卻是為了拒絕，我用眼淚構築世界，構築那最小的一粒沙。你們說什麼都好，都對，但我就是哭。即便沒有觀眾，獨自在街道或暗巷中的哭泣也能立刻發揮魔力，我彷彿一場獨立的悲劇，不看人們眼中的季節遞嬗、不看歲時團聚，當然也不看鴿灰色的清晨，更不看偶爾出現的豪壯落日。

什麼魔術時刻，那瘋魔般的顏色，我也是到伊斯坦堡才真正看到。然而那時刻並非不存在於台北，只是一度不存在我的內裡、我的意識、我的時間。

時間是最困難的命題，一旦過渡了又輕鬆異常。就像王家衛的《我的藍莓夜》，與其說是一個愛情故事，不如說是時間的故事。裘．德洛和諾拉．瓊絲彼此吸引，但還不行，兩人都還被縫在上一段情傷內裡，所以諾拉．瓊絲去流浪療傷，一旦回到紐約之後，才發現一切都竟然如此輕易。幾乎荒謬地輕易。要說這趟流浪中有什麼關鍵性的經驗改變了她嗎？抑或是治好了她？我想全部都是，也全都不是。但可以確定的是，你需要經歷必要的一切，讓內心的毒素代謝轉化，成為供給你存活的另類基質，不然無論如何都無法過渡到下一階段，淪為永遠困在時間裂縫中的人。像是大衛．史崔森飾演的警長，他就是活在日日夜夜的時間迴旋中，停滯在他與瑞秋．懷茲的相愛場景裡，最終也只能在同一地點求死。

諾拉．瓊絲和瑞秋．懷茲飾演的都不是少女了，但她們為愛哭泣的表情絕對是少女的，是現實生活中不再容許存在的過往少女。為死去父親哭泣的娜塔莉．波曼更是。她看穿牌桌上賭徒的心，卻看不透自己的心，看不透父親的心，而當她哭泣時，也如同那些為情所困的人回到了當初讓她們快樂的場景，或許是唯一快樂的場景。然而正因為有過那樣的快樂，她們才為了永恆的失落受苦。

想要感受少女時期的歡笑，想要回到少女時期的純潔時光，但剩下的終究是眼淚。只有眼淚提醒我們：你曾經就是青春本身。

伊斯坦堡橫跨歐亞大陸，中間隔著博斯普魯斯海峽，聽起來非常壯闊，但對當地人而言，就是一條生活中的水路。有些人因為通勤得坐船東西橫越，如果度假或到較遠的離島時，則得坐船航向北方的黑海或南方的馬爾馬拉海（Sea of marmara）。由於水路是生活中重要的一部分，來往的船班很多。船隻構造各異，有些是艙內座位與露天座位各半，有些大船則分一樓的艙內座位與上層的露天座位，但即使同樣是露天座位，每艘船隻搭遮棚的面積也不同。某次我坐上了一艘異常老舊的船，大部分的座位都是拉了頂篷的艙外座位，加上排排座椅彷彿一個小型劇場。船上的人都是當地居民，整體氣味非常日常而侷促，當中卻有一位包著頭巾的少女。她靠在欄杆邊，低著頭明顯在哭。那是一個日常劇場，即便幾乎聽不到哭聲，聲息仍輕易劃開了原本分布均勻的百無聊賴，將所有人的目光、聽覺與精力若有似無地集中過去。少女身邊還有一個男孩，似乎是情人，努力想要安撫，但似乎做些什麼都沒用。最後只好牽著哭不停的少女找了靠右側的一張長板凳坐下，自己也靜靜坐在一旁。

小型劇場的前方出現了小販，大家的注意力暫時被分散了。

我卻無法忘懷少女，忍不住數次偷看。少女身上的衣飾很時髦，花俏白上衣配牛仔褲，但頭上仍繫了粉色頭巾。從她和男孩的互動與身體姿態看來，惹女孩哭泣的並不是他，或許是家裡的問題。男孩時不時望向前方展現商品的小販，但嘴角始終沒有因為任何原因掀起，大部分時間就是安靜望著少女。接著他做了一個決定，起身往前走向船艙，身影消失在艙門內。

我想起自己也曾於這種日常劇場哭泣過，但當時的我獨自一人。情人C從遠方致電給我，說了一些傷人的話，自己卻渾然不知，我也說不出「你傷害了我」。於是我掛了電話，獨自在台北捷運地下街走了好長一段路，邊走邊哭，邊走邊哭，腦子裡全是說不出口的那句話。我還記得當時附近的捷運路段在施工，每次列車進站的聲音都異常巨大，震顫刮擦聲幾乎要刺壞耳膜，但我覺得不壞，反而為我提供了完美的戲劇化背景。於是我哭得更厲害了。什麼都不在乎。

當時我真心相信，那會是我一生中難得的愛情名場面。

男孩後來回來了，沒做什麼偉大的事，只是遞給少女一罐礦泉水。我突然笑了。男孩的思維或許很簡單，流了這麼多眼淚，大概也口渴，好歹補點水吧。少女接過礦泉水沒喝，繼續哭。男孩不明白的是，對於少女而言，哭泣是種場面。剛開始哭是難受，到最後想到得停止哭才更難受。少女的眼淚如同文藝創作，是出口，是逃亡，是逕自鋪排的悲傷姿態，是拒絕面對殘酷的延誤。是雙腳跺地，是假意生氣，是眼睛轉一圈古靈精怪要你稱讚。是跟你說全世界現在只有我的悲傷最重要，再給我一秒鐘，再給我一秒鐘讓全世界為我停擺。

然而名場面是這樣的，它終究會被下一個名場面取代，然後是下一個、再一個，直到你承認這些名場面全是鬧劇。男孩默默望向拿著礦泉水的少女，滿臉疑惑，只好再次抬眼看向前方的小販。此時動作誇張的小販正拿著號稱風吹不滅的打火機到處揮舞。風吹不滅。是的，他的全身姿態都在如此訴說。風吹不滅。

風吹不滅的打火機

我在出發前往伊斯坦堡前就惹出了個鬧劇。因為從台北出發的班機甚早，所以我前一晚幾乎沒睡，時間到了搭計程車直奔機場。結果在機場把登機必要手續處理完之後，睡意襲來，昏沉上了飛機才發現手機不在身邊。糟糕，看來是留在候機室，我瞬間清醒後往艙門跑。結果門口的空姐看我驚慌跟著驚慌，聽我說手機留在候機室也跟著我跑，候機室的空姐看到有人竟然從飛機衝出來也好驚慌，但我不管，逕自奔去剛剛坐過的位置找手機，沒有。結果所有空姐都跑過來了，爭先恐後地告訴我：「剛剛有人撿到手機，送到飛機上了。」

然後我被一群空姐護送回機艙，彷彿深怕我一發神經又想逃亡。回到座位後，撿到手機的空姐微笑著將手機遞給羞慚的我，身旁的K則歪著臉說：「這趟旅行是你規畫的。我好擔心呀。」

是呀，我也很擔心。

不知為何，我很容易惹出和交通工具有關的鬧劇。大學時代要去台中，我票買對了，月台卻走錯了，結果上了時間差不多的車，坐了同樣號碼的座位。一位母親帶了兩個孩子來，本來買兩個座位，結果看到其中一個座位坐了我，兩人比對號碼後還以為台鐵重複賣票，憤憤地抱怨了一陣子。我甚至自以為體貼地和其中一個孩子擠了一段路。結果一直到南澳，我才意識到花蓮近在眼前，而花蓮和台中可是隔了一整座山脈。為什麼沒有發現呢？我到現在還是想不明白。或許我在根柢上有一種將錯就錯的毀滅性格。那甚至和是否懂得設置停損點無關，純粹是我錯判了冒險的定義，以為一切偏斜的危險的全都值得。

在伊斯坦堡時，我去了位於金角灣（Golden Horn）海峽北側的加拉達塔（Galata Tower）。這座高塔建於西元一三四八年，和拜占庭帝國的查士丁尼大帝於西元五二八年所建的舊加拉達塔不同，是個幾乎稱為贗品的古蹟。畢竟在土耳其，歷史只有不到七百年的建築實在算不上什麼著名古蹟。不過由於高度足夠，又離博斯普魯斯海峽不遠，環繞整個塔三百六十度的觀景台於是成為俯瞰整座城市與海峽的好所在，許多明信片的圖案也都是取景自此。然而雖說是觀景台，畢竟也是座已經矗立超過六百年的建築，於是那觀景台也只是一圈兩人勉強得以錯身的環狀廊道，沒有遮雨棚，外圍欄杆也簡陋破舊。簡單來說：想從觀景台跳下去是好容易的事。

當然遊客不想這些。我去加拉達塔的那天碰到一群日本旅行團的遊客，團員大多是太太和小姐。他們三三兩兩井然有序地圍著廊道前行，彷彿一場室外且極高的土風舞表演，再加上天空落著小雨，每個人手中握著的精緻小傘更為此場景添上難以解釋的彆扭風情。那些傘的顏色都很鮮豔，亮黃、粉紫、橘紅、天空藍……背後則搭配加拉達塔的土色外牆。要是有伊斯坦堡居民偶然抬頭望見，恐怕還會對此高空嘉年華的景致瞬間感到迷惑。

日本人的傘和其他國家的傘確實不同，這感覺即便在國外也非常明顯。當然顏色與細緻的設計也是其中一部分，但更顯眼的是他們使用雨傘的姿態。那天在高塔上，一位黎巴嫩人把連帽衫拉到頭頂，背靠著高塔壁面望向遠方，幾位來自歐洲的遊客或許拿傘、或許不拿傘，但與傘的關係都是隨性的。我有帶傘，但因為通道狹窄，景致又迷人，所以沒有拿出來的慾望，身邊的K也只是把手上的相機用雨衣小心包裹，靠著棒球帽也簡單擋掉身上的細雨。然而日本人很厲害，無論那地方多狹小，他們也總能優雅地撐起傘，優雅地與身邊每個人道歉，優雅地與大家艱難錯身；他們優雅地活在傘底，堅持一點雨也不想淋的姿態。那意志無論場景為何都不顯一絲歪斜。

相對於他們，其他人就顯得凌亂狼狽，包括那座塔本身。這座塔曾被用來當作監控市內火災的場所，但自己後來也被火吞噬，屋頂更曾在暴風雨中被摧毀，而現在的建築已經是數次修復後的結果。雖然政府為了觀光客努力維持加拉達塔光鮮亮麗的外貌，但許多地方仍顯老態。比如圍繞著觀景台的鐵欄杆就有許多斷裂之處，缺口之大，一個孩子如果跌倒要滾出去完全不是問題。

每到這種高處，我就有墜落的念頭。倒不是想死，只是進入一種不真實的狀態：人類真的被允許來到這麼高的所在嗎？以我們的能耐，這是被允許的嗎？難道這不是一種僭越之罪？由於過度超寫實，所以我總有一種無所不能的錯覺，彷彿此時即使墜落而下也能毫髮無傷。

此時身邊的K為了避開一位持傘的日本人，轉身時角度不對，原本放在相機袋裡的鏡頭蓋就這樣掉了出來。那黑色的小圓片迅速滾過觀景台窄窄的走道，飛出欄杆，最後卡在欄杆外的石頭突起。K於是拿了我的摺傘，把傘柄拉長，用最末端去勾，但畢竟還有一些距離。我原本只是站在那裡看，腦子裡彷彿有念頭，又彷彿沒有。接著我放棄潛意識的探詢，容許自己用清明的意識評估，身體一縮就穿過欄杆的大空隙。我一隻手抓著欄杆避免自己滑落，另一隻手則直接去撈鏡頭蓋。

總是這樣的。曾經和朋友去溯溪，教練要我們從一座小橋往下跳入河水，大家彼此張望，倒不見得害怕，只是對不習慣的舉止感到些許猶豫，我卻樂得當第一個跳下去的人。水花四濺，人影迷魅，我確信當下的我偷走所有天光。我總是亟於證明自己。亟於證明自己勇敢、不計後果，而且還能冒險犯難並進而發現新世界。新世界是個模糊的詞彙，慾望卻熱切。然而當時的我還不明白：後果冷冽，卻最接近真實，如果不懂得應對這些因為冒險而帶來的損傷，人無法接近任何溫暖。

就像那位我在船上見到的小販，他西裝筆挺，看來已用盡全力梳洗乾淨，但仍洗不掉那身困頓的氣息。我聽不懂土耳其文，但他的表演非常誇張生動，身邊的學徒也不停配合演出驚嘆的表情，所以我看了一段也明白：他賣的是「風吹不滅的打火機」。他像台灣的電視購物節目主持人般講個不停，笑個不停，演個不停，還拿打火機去逗弄一些面無表情的乘客。有些人看得興致盎然，有些人習慣性地冷漠，而你看得出來小販眼底沒有笑意：那是一種刻畫在喜劇演員內裡的損傷與無感，必要的無感。他必須習慣拒絕，習慣冷漠，習慣那些把他當作風景而非求生銷售員的輕薄忽略。

他如何面對鏡中的自己呢？我忍不住想。每天早上他醒來，想辦法把自己打理乾淨，換上也許是唯一的那套西裝，刷牙、洗臉、再洗、梳頭，在這當中要是他抬眼看到鏡中的自己，他是否有辦法忍受自己眼中的無感？無感是為了面對外人，為了隔絕傷害，但只要一個不小心，人往往連自己都隔絕出去，從此只記得重複空洞的笑意。他沒有證明勇敢的必要。他必須成為勇敢這份精神。因為要是沒了這份精神，他連空洞的笑意也會失去。

墜落對他而言甚至是奢侈的。

當我吊掛在觀景台外的輕緩斜面上時，體驗的便是這樣奢侈的快樂。我伸手碰觸到鏡頭蓋，捏進手裡，轉頭，正要鑽回安全的那一側，卻發現所有看到我的人都驚嚇地停住了。多麼奢侈。兩位歐洲男子正要經過我面前，也立刻站定，我用捏著鏡頭蓋的手作勢要他們先過，表示可以等他們經過再鑽回去，但他們立刻作勢要我先回來，臉上帶著不可思議的緊張笑意。他們大概想，都什麼時候了，這個亞洲瘋女人竟然還要我們先過，開玩笑吧。要是掉下去怎麼辦？

掉下去當然是糟糕的，但掉下去之前確實是快樂的。因為你知道自己仍有回頭路。你可以證明自己仍有回頭路。在我坐錯火車過了將近十年之後，每當有朋友提起這件事還是笑得誇張，甚至有人在經過南澳時特地拍照提醒我這件舊事。我覺得有點困窘，但也祕密地快樂。畢竟那屬於走錯路還能回頭的年歲。即便繞了將近半個台灣，我終究還是抵達了台中；即便浪費了許多時間，大家卻仍能為此歡笑。我把自己逼近墜

落的邊緣，也只是為了證明自己能夠回來。我還有選擇。

等我鑽回觀景台上，所有停格的畫面繼續運轉。兩位歐洲男子也瞬間不見了蹤影。我又走了幾步，四處貪婪觀看沒有盡頭的遠方，接著又遇上那位穿著連帽衫的黎巴嫩男人。他對我笑了一下，如同他剛剛在電梯中對我和旅伴在談話中所露出的笑容。那和打火機小販的笑容不同，溫暖卻帶著深切的悲哀。那是現實，是我逃到伊斯坦堡也無法逃離的人生現實。

穿著連帽衫的黎巴嫩男人

我和Ｋ十天來都住在伊斯坦堡一間民宿，民宿位於亞洲區，和著名的觀光熱鬧景點隔著博斯普魯斯海峽。我知道許多人都會在歐洲區的蘇菲亞大教堂（Aya Sophia）周邊落腳，畢竟那裡熱鬧，小旅店的選擇也多，但我想多看看當地人的生活，所以硬是選擇了比較沒有觀光景點的亞洲區：有點陳舊，但靠海區域帶有一點鄉鎮度假區的閒散氣息。再加上這間民宿的紅磚牆在網路上看起來非常漂亮，從坐落的斜長巷更一望出去就是海，離必要的交通港口也近，所以我早在出發前幾個月就毫不猶豫地下了訂。

然而要如何從歐洲區的機場到亞洲區的民宿呢？我卻沒什麼概念。我把地圖翻爛，大概知道能先搭電車到某港口再換船，但等我和Ｋ真正抵達，在晚間八點多的阿塔圖克機場（Atatürk），我突然疲累地再也不想挑戰複雜的電車路線。我知道附近有一個港口，而且有船班開往民宿所在的卡德柯依（Kadiköy），所以我上了計程車，指著地圖，希望他載我們去港口。司機試圖講了一些英文，我也試圖講了一些英文，但顯然彼此都沒聽懂。不過司機還是盡職地繼續往前開，一路不放棄地細語講解，在經過一片漆黑的港口時，我才聽懂他說了「No boat」，也才知道這個港口的最後發船時間已經過了。所以我任由他一路載我們從

市郊穿進市區，開過跨海大橋，抵達亞洲區，最後終於找到我們隱蔽的民宿。

老實說，在那段路程當中，我對伊斯坦堡的想像受到了極大的挑戰。首先我意識到自己果然是個觀光客，雖然想觀察不同城市的文化，但看到和台北幾乎毫無差異的城市景觀時仍感到失落——我畢竟懷有獵奇的慾望。尤其靠近機場的地方都是新建設：水泥道路、水泥賣場、水泥公寓，一恍神還以為自己花了十三小時又回到台北。一直到了亞洲區的沿海地段，我才感到一絲異國風情。當司機停下來問路時，那歐亞混血的面孔更是不時提醒我的所在之處。

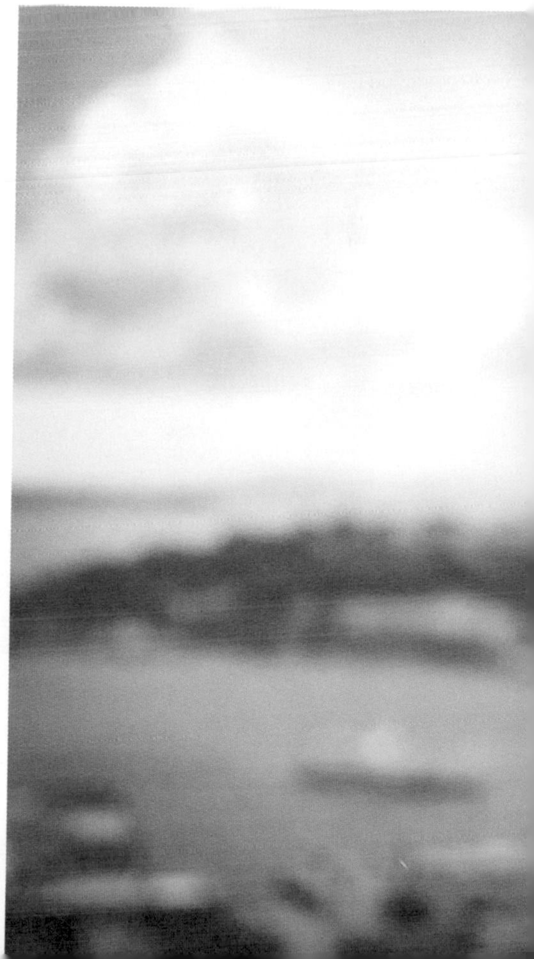

民宿的工讀生似乎都是國際交流生，清一色是英文標準又流暢的白種人。這是一間房型非常多的民宿，原先只提供背包客落腳的六人或八人房，另外每層樓有公共浴室，一樓也有交誼廳、廚房、後花園和洗衣間。不過後來他們在小巷對面又買了一棟樓，整理完後也提供單人和雙人房，價格還算實惠。我們的雙人房簇新整潔，雖然沒有衛浴，但有免費無線網路和一個面向小樹林與住宅區的小陽台，安靜涼爽，唯一聲響就是遠遠傳來的渡船鳴笛聲，一晚要價三十六歐元，我和K都付得非常情願。另外有趣的是，在這裡住的旅客種類較多，除了遊客，也會有來探親而暫住的人，比如我就遇上了一位孩子在此地讀大學的德國父親，他是氣象學教授，所以還花了許多時間向我解釋洋流對伊斯坦堡氣候的影響。

民宿所在的卡德柯依（Kadiköy）一地離摩達（Moda）很近，而寫了《伊斯坦堡：一座城市的記憶》的奧罕．帕慕克（Orhan Pamuk），就是在摩達的一間私人小醫院出生的。那時是一九五二年，韓戰正在進行，土耳其也派了軍人在遠方參戰。就在同年，中華民國政府與日本簽訂了《台北和約》，宣布中止兩國自二次大戰以來的戰爭狀態，日本放棄對於台灣、澎湖群島、南沙群島及西沙群島之一切權利、權利名義與要求，也放棄自辛丑條約以來之一切特殊權利及利益。至於我抵達伊斯坦堡時已經是二〇一一年，交纏在《台北和約》及其他眾多和約的領土議題仍在延宕。

一九五二年我還沒出生，我母親還沒出生。我父親倒是當年出生，是家中長子。

至於一九五二年的黎巴嫩早已脫離法國統治，黎巴嫩共和國也已成立運作，不過一九七五年開始了十五年內戰，基督教和伊斯蘭教彼此攻擊，敘利亞則在一九七六年滲透黎巴嫩成立真主黨，之後一直到二〇〇五年才完全撤出對黎巴嫩的干預。在內戰期間，巴勒斯坦解放組織涌過黎巴嫩對以色列發動攻擊，以色列國防軍也數次入侵黎巴嫩。雖然擁有世界最大的羅馬遺址巴勒貝克，但黎巴嫩這個國家因為宗教而衍生的一連串苦難可不容小覷。

有人說台灣的省籍情結不容小覷，二二八事件也確實是歷史上一筆無法磨滅的傷口，不過到了現在，國族認同問題幾乎人人避而不談，大家寧可從各種技術性細節見隙逃竄。就生活層面而言，現在的台灣經濟確實早已過了起飛期，社會問題也一項項從經濟衰退而無力掩飾的貧弱中滋生出來，但至少我們沒有大型戰爭，沒有動亂，我們可以在堪稱安全的環境下爭辯。至少當我談論整個島國甚至於許多核心家庭都仍存在的國族矛盾時，我們不用時時擔心有人向居住的區域發射火箭彈，不用每隔一陣子

就看到軍事領袖被刺殺的新聞，更不用親眼看著鄰居的孩子在我懷裡死去。我頂多向國外友人半開玩笑地說：「想了解台灣的族群衝突嗎？我認識的許多家庭都是縮影。」

不過在談到我所遇到的這位黎巴嫩男人面前，我得先談我們民宿樓下附近的小雜貨店。小雜貨店的老闆是位中年男子，有禮而熱情，我和K買了幾天的飲料和香菸，當然也和他聊了起來。他問我們從哪裡來，我們說「Taiwan」，他熱切地表示明白，由於我們在伊斯坦堡幾乎很少遇到知道「Taiwan」的人，所以也相當熱情地與他聊了許多。他說他年輕時打過拳擊，「boxing」，雙手擺出拳擊的攻擊姿態，說他曾經為了比賽去過台灣。我們對拳擊不熟，但也一知半解地聊了不少，一直到後來，我們對照了一些他所講的資訊，才意識到他講的是泰國，從頭到尾都不是台灣。

在伊斯坦堡的十天內，當面對別人問我從哪裡來的問句時，我的回答從「Taiwan」逐漸變成「Do you know Taiwan?」

正因為如此，當那位憂傷的黎巴嫩男人在上加拉達塔頂端的電梯中問我們從哪裡來時，我也一樣小心地回應：「Do you know Taiwan?」他一聽，眼神中冒出些許光彩，聲音帶點熱切地說：「當然，我知道，我們兩國的處境很像。」

我知道他說的是我們國內的認同衝突。我知道他說的是國家處境。但是黎巴嫩可是為此經歷了多年戰爭，真的是多年戰爭。比起黎巴嫩男人時刻把國家政治處境掛在心上的憂慮，我和K簡直顯得過於輕巧而安逸。我明白我們早已習慣轉頭不看，習慣當作問題不存在，習慣接受我們在聯合國不是一個國家，當然也習慣這個問題在各種政治角力下被永恆地延宕。我說不出屬於自己身世的歷史故事，我不知道該認同何種神話。當台灣代表隊在奧運上總是穿著帶有所謂原住民衣飾圖樣元素的隊服時，我總有一種誰剝削了誰的不安。我沒有屬於自己的想像共同體。延宕有延宕必要的美感，但延宕也有延宕必要的憂鬱。

我說不出口。我無法對憂傷的黎巴嫩男人說「我懂」。我知道自己習慣了遺忘。我知道自己在伊斯坦堡這個城市讓他失望了。

我沒有問他信仰基督教或伊斯蘭教，但從他的眼神中我知道，他之所以藉著旅遊逃離自己的國家，就是希望暫時逃離那些鑲嵌在他生活中的一切。那些他遇到兩位台灣旅客時卻仍不禁想起的一切。在出國之前，他或許從哪裡讀到了台灣的歷史，當時他想，這個島很特別，他們內部有這麼複雜的問題，每個人一定像我一樣深受類似的衝突問題困擾，或許某天我要去這個國家，和他們聊聊。結果沒想到他在伊斯坦堡就遇到了兩位台灣來的旅客，於是迫不及待地說出這句早已準備好的台詞，彷彿一句只等待被確認的情話。

我卻只是凌亂應答，沒有深入這個議題。等電梯抵達頂層的觀景台時，我們帶著一絲尷尬地散開，各自望向遠方景致。天空下著小雨，所以黎巴嫩男人將連帽衫的帽子戴上，獨自沉默地站在雨裡。我在離開前又看了他一次，四目相交之際，他仍給了我一個微笑，我也禮貌回應，但那像是情侶分手後再見面的微笑。彷彿你們曾經共享了過去，卻在理當可以想見未來時被硬生生地切斷：關係斷裂、時間斷裂、愛戀斷裂。他向你伸出親愛的手，你沒有接下，也不願推開，而從此之後你們只能不停重溫那一刻的欠缺與愧疚。

KADIKÖY
GAZİ
M OKULU

İSTA
40

遠遠傳來的渡船鳴笛聲

在伊斯坦堡的我無夢。

奧罕·帕慕克在《伊斯坦堡：一座城市的記憶》中曾提到，土耳其語當中有一種特殊的時態，讓人能將傳言及親眼所見的事物區分開來。你若想講述夢境，就得使用這個時態，彷彿說的一切皆為別人所見。在我讀了這本書後，伊斯坦堡成為了我的夢境，彷彿看過一遍，但又是透過他人之眼。然而等我終於到達此地，現實與夢境終於合而為一，我便丟失了夢。

伊斯坦堡和台北時差五小時。簡單換算的話，伊斯坦堡早上八點等於台北下午一點，於是同樣的作息如在台北是懶散，在伊斯坦堡卻顯得積極抖擻。就算前一天玩得再累，我每天最晚九點前也會醒來，而通常伴隨思緒清明起來的便是遠遠傳來的渡船鳴笛聲。

如果要說有什麼能將伊斯坦堡的住民連結在一起，其一便是每天定時響徹海峽兩岸的禱詞廣播，另外大概就是渡船的鳴笛聲。對當地人而言，那大概就像我們聽街道上的喇叭聲般平淡無奇，畢竟鳴笛的功用如同車輛喇叭，就是船隻間彼此招呼、警告，或者傳遞訊息的工具。又或者偶爾暗示了已經迫在眉睫的災難。但對我來說，那代表海，代表不停的往來流動，代表歷史中各種文化、商業及戰役的匯流與幻滅。

我離海最近的居住經驗在花蓮。當年我在花蓮念書，海是親近的鄰人，是生活的一部分，是任何人騎著機車都可以輕易抵達的所在。然而島國的海畢竟和夾在內陸間的海不同。島國的海開放，彷彿永遠在等待：等待新人造訪，等待故人歸來，至於另一邊的騷動總是在幾近無關的遠方。博斯普魯斯海峽卻是這裡人們共有的記憶資產，所有通過它的都會在人們腦裡留下刻痕，即使他們沒有親眼所見，都能成為共同的夢境。

「對半夜醒過來的人來說，一場遙遠而無法影響個人生活的災難就是一劑良藥。半夜醒過來的伊斯坦堡居民，多半也是數著船笛聲再度入睡。或許在夢中，他們想像自己搭船穿過濃霧，航向災難的邊緣。」(註)

出自《伊斯坦堡：一座城市的記憶》奧罕・帕慕克。

接著所有人彷彿遺忘有過這場噩夢，直到有人在平日場景回過身來說：「昨晚霧角聲把我從夢中喚醒。」

「那時我才知道，博斯普魯斯山丘上的許許多多居民在濃霧之夜被相同的夢境喚醒。」

我幾乎是為了書中這個段落來到伊斯坦堡。我想明白那是什麼樣的夢。我想感受那種存在於人與人之間更廣泛、更緊密的聯繫。然而伸手出去常常只能撫觸到陷落，就像我和情人D交往多年，他從未說過任何與愛有關的話語，唯一那次便是在我提出分手，並表示自己始終無法理解到他對未來生活的想像時，他說：「我以為，如果你愛我的話……」

你可以到很遠的地方，你可以去探索更綺麗的夢境，但更多時候，你會發現自己和他人始終不活在同一個夢裡。

在伊斯坦堡的我無夢。因為當時是秋天，我也沒機會被霧角喚醒。我的伊斯坦堡屬於白日，只有當地居民屬於黑夜中瀰漫霧氣的深海。我的災難畢竟不在這裡。

共有的記憶資產

如果食物是人們共有的記憶資產，那麼活在城市就如同被安排了一樁婚姻：即便好不容易離開了，那滋味還是一生無法擺脫。

我曾有段時間迷戀調理包食物。當時我在花蓮讀書，好不容易有時間回台北，竟然還是每每跑去吃平價咖啡店的加熱餐點。別人問我，欸，那些都是調理包，你真的覺得好吃嗎？當時我也說不明白。我明白這類餐點的貧乏，菜色貧乏、風味貧乏、口感貧乏、香氣更是貧乏，但我就是無法抗拒。只要看到那些彷彿輪迴一般反覆不停地在菜單上出現的茄汁、奶油、青醬、雞腿、魚塊、牛肉丸、番紅花飯、番紅花飯、番紅花飯……我心裡就起了微微的鄉愁。是呀，鄉愁，我後來才願意承認，那些耗費我大量青春時光的正是這類食物。正是在這些歧異度小到可憐的速食快餐店。在半遮了亞麻拉簾的巨大落地窗前、在一個個計算精確只讓你稍微侷促的方桌前、在那些巨大而毫無紋飾的白色瓷盤與船形碗之前、在永遠水煮的朵朵青花菜面前，我讀書、發愣、等待、修正錯誤、進食、理解、凝望、失戀，一口口吞下這些味道幾乎毫無分別的食物碎塊。

夏宇說，「我問他您剛才說什麼／他重複／他知道重複可以讓我幸福」。我相信她字字真心。我必須相信。

伊斯坦堡滿街都是沙威瑪、烤肉串店、硬麵餅攤和廉價速食店，小吃店裡常見到的則是各式爐烤麵包、咖哩、烤辣椒、釀茄子或檸檬湯。我和K在住處附近找到一家小店，菜色極簡，主食是一種加了牛油和鹽調味的圓豆子飯（Pilav），配菜四種：茄汁紅扁豆、水煮雞絲、番茄黃瓜沙拉和切塊炸雞肝，後來才發現類似的小飯館在土耳其到處都是，其地位大概就像我們街頭常見的黑白切小吃店。我對四種配菜感受不深，但調味飯卻讓我難以忘懷，那種介於中式與西式風情間的淡油淡鹹完全勾住了我，導致我在伊斯坦堡十天就忍不住去了四趟。

儘管如此，那家小店的香料檸檬湯我還是無法接受。在伊斯坦堡期間我試了好幾家店的檸檬湯，但最後還是徹底投降。我不是挑食的人，但這世界上畢竟還是有我無法接受的食物，對於總是亟於討好他人的我而言，這項認知其實令我鬆了一口氣。

如果以這類小店為一般基準，再平價就是路上的流動攤販，當中最常出現的便是淡菜。我在台灣不常吃淡菜，因為體質過敏，任何帶殼海鮮都無法多吃，或許也因此對這類食物一直不具熱情。然而伊斯坦堡畢竟是靠海大城，隨處都能見到海鮮的蹤跡。在橫跨博斯普魯斯海峽的加拉達橋底下還有一整排海鮮餐廳，打著領結的侍者推著裝滿鮮魚的台車穿梭客人之間，當地人也熟稔地對著台車指點問價，隨著天候與每日不同漁獲即興點餐。於是當我看到住處巷口的一對小兄弟推著一車的淡菜時，便還是和K買了幾個來嘗。熱情的兄弟衝著我們笑，替我們的淡菜利落地淋了檸檬汁，裝了一袋，比了大拇指，極力推薦。

在爬回住處的上坡時，我吃了一顆，感覺不太對，但一時不知道該怎麼說。

回到住處時，K說了，好特別，淡菜裡面竟然塞飯，但滿好吃的。我才大大鬆了一口氣。原來是塞飯呀，而且還是類似肉粽般蒸得軟爛的調味飯，幸好，我還想淡菜怎麼會如此黏稠；本來想說服是自己和海鮮之間關係太生疏，才不明白淡菜口感，但後來逐漸深信是這街頭淡菜不新鮮，壞了，還化成糜狀。然而因為K一直沒反應，我又

忍不住猜疑自己的判斷。於是不過短短二十公尺的上坡路，我卻吃得內心百轉千迴，顯然就是個初初走入這城市的外行人。

其實如果以此為定義，我對自己出生長大的台北大概也稱不上內行。大學時代和朋友到處吃喝，偶爾有人提議去某家內行人才知道的美食小店，我別說是沒聽過，連店家所在的路名方位都毫無概念。倒也不是從小被虧待而導致不知食物美味，但我確實生在一個食物傳統薄弱的家庭。畢竟從小開始，母親就兢兢業業將飲食視為維持健康的必要工具：高纖、低鈉、無味素、少油、薄鹽醬油、汆燙、禁甜食、禁氣泡飲料、禁絕所有不安全的慾望。而人如此有趣，一旦模式確立，往往長久難以打破，於是曾有一段時間，食物在我眼裡只分三種，健康、不健康、無法定義。一旦進入無法定義，我便沒了判別的經驗系統，只覺得眼前擺了食物，意味不明的食物。

比如我也有好長一段時間對「蟹殼黃」抱有錯誤的想像，擅自將它視為一種包了蟹黃的酥餅，完全忽略「殼」字的存在。既然認定它包了蟹黃，當然屬於海鮮食品，所以我總是反射性避開，對此充滿濃厚風味想像的食物敬謝不敏。直到某次受別人熱情推薦咬了一口，我也是沉默許久，內心再次百轉千迴。是呀，豬油香，餅皮酥脆有層次，也帶蔥花燒熟的甜味，但是蟹黃呢？蟹黃是提味用的引子嗎？或許只用了一抹當作襯底？所以外行如我才吃不出其中況味？

又過了好一陣子，情人C才告訴我，蟹殼黃裡沒有蟹黃；我也是在當時才明瞭，愛情裡不見得有愛情。

如果說每個城市人共享了城中的食物記憶，愛情中的食物便是唯一最私密的記憶資產。說到愛情與食物的關係，我總喜歡分成兩種：換了情人就要換掉所有餐廳的人，又或者無論哪位情人都要帶去同樣餐廳的人。在我看來，習慣換掉餐廳的人重視愛情，習慣不換餐廳的人重視自己。因為換餐廳的人希望在每次共有進食的當下保有純粹的體驗，即便都是從匱缺到飽足，每次都仍是獨一無二的體驗；不換餐廳的人卻希望在每次食慾完成的當下看見自己的生命史、自己的愛情史、自己身上那由片片愛意鑲嵌而成的多重稜鏡，他不願意自己因為時間的前進有些許脫落。於是面對每每不願意換餐廳的C，年輕的我總有怨恨，我恨他對於餐廳環境與菜色的熟練，恨自己生手的姿態，甚至懷疑他享受我在他熟悉領地中的生手姿態。

那些餐廳是屬於他的城中之城，裡面沒有屬於我的時光軸線，即便繼續下去，我也永遠少了先前那段。那是他的幸福重複，卻是我永遠落後的重複。

所以調理包給我的安全感或許也源自於此。我明白它們來自大型食品工廠，我明白那些大鍋烹調、食材比例固定、調味精準又機械包裝的調理包有多麼無趣，我真的明白。然而我又幻想，要是這樣的調理包越是普及，我們越能在各種地方吃到一模一樣的滋味、擁有一模一樣的心情，甚至在面對愛情時，不會再有任何比例的錯身、爭奪、誤解，或損傷。我們如此平淡。我們如此平等。

然而這終究是觀光客的邏輯。正如同我在伊斯坦堡時，和許多歐洲大城一樣，每間餐廳幾乎都有一份觀光客專用的英文菜單。那樣的設計一開始令人感到貼心，後來卻讓人驚懼：因為菜單內容幾乎完全一樣。於是當身邊的本地人隨著節令與機運享受各種不同食材時，我和K不停被迫看著同樣的選擇，唯一能被告知的是這份選擇當中的匱缺，而不是此外的更多、更多選擇。

所以我終究放棄了調理包。我拒絕讓同樣的茶包與奶精定義奶茶的滋味，我拒絕讓瓶裝茶飲侷限我對茶葉香氣的想像，我拒絕讓不停重複的迷迭香、泰式檸檬風味、沙茶、咖哩或甚至綠咖哩排列組合我的味覺。我寧願自己煎壞一張蛋餅皮，夾上嫌老的炒蛋，用隨意比例調出一杯加了果醬的紅茶。因為這不只是健康或便利之爭，還是關於想像力的戰爭，關於無論滋味好壞，你究竟能否篤定地說：這個很好（不好），（但）我還能……

城市也從不是固態的存在。它在各種時空當中流動，在你的愛情內外尋找更多生長的可能性。你留在一個當下，很可能就會被下一個當下捨棄。

回到伊斯坦堡，如果以賣豆子飯的小店為基準，稍微高價但常見的便是烤肉。無論羊肉、牛肉、雞肉、魚肉，只要是肉，這裡都有人烤給你，隨肉一定會出現的則是粗條狀的綠色烤辣椒、番茄和各式烤麵包。麵包有實心細緻的類型，也有薄皮烘烤的巨型中空麵包，上面撒滿焦香芝麻。然而在吃過這麼多家的各種烤肉之後，我唯一和食物相關的深刻畫面卻在一個清晨。當時街邊一位沙威瑪攤販剛將串好的肉垂直立好，然後彷彿照顧孩子般親愛地，在那柱狀的巨型肉串頂端小心交錯放上切好的綠辣椒、番茄、綠辣椒、番茄、綠辣椒、番茄……其中一片如帽的半圓番茄歪了，他小心調整，退後一步，歪頭看，然後滿意地笑了。

那是一段從食物衍生出來的情愫，是沿著食慾、肉慾、色慾、情慾一路往外伸展的觸角。雖然在那一刻之後，所有經過的路人都只會看到他切肉與叫賣的身影，但卻是那一刻的笑容定義了他之後的笑容，以及他疲憊但仍願意幽默與你閒聊的善意。

我和K向他買了幾次沙威瑪，K還和他照了相。然而因為看到了那與進食買賣都無關的時刻，我確信那便是一場關於城市、食物，與想像力的三人愛情。

不安全的慾望

我想說一個和「茶」有關的畫面。

土耳其文的茶寫作「çay」，念起來像「拆」字的四聲。無論餐廳、咖啡廳或小吃店，無論菜單上有沒有茶，只要你開口要，就一定喝得到。然而這些茶不見得由店家自己泡，有時他們只是打通電話，便有騎著單車的青年沿著灰石磚道飛馳而來，他一手握龍頭一手拿個銀色或黑色托盤，上面擺滿一個個瓶狀開口鑲金邊的玻璃杯，矮小的玻璃杯，然後他停在你身旁，放下茶杯，就又轉身急駛而去。

他們總是姿態匆忙，但不侷促，甚至帶一點快樂。我不想自以為是地揣測他人，畢竟在觀光大城當中，賣吃食的商家難免得取悅觀光客，也難免被迫展現愉快樣貌，但我遇到的幾位青年確實都呈現了一種伸展的自在。他們在單車上身形平衡、緩速停下，迅速但不慌張地放下杯子、簡單微笑、輕巧指了指桌面的銀色方糖罐、熟練而平滑地加速起步、利落繞過身前幾位悠哉的行人，消失。

那甚至不是快樂或辛苦的問題，而是一種與自己及世界和解後的靜好姿容。

為了多看幾眼，我每到一個新的地方都叫茶，要是店老闆自己端出來，我難免失望；但要是他拿起電話，我便忍不住熱烈期待。然而有一次，店老闆點點頭，從冰櫃裡拿出冰涼的罐裝檸檬茶遞來，我心底於是莫名憤怒，感覺有些什麼無形的被硬生生拆毀了。

人真的很有趣，觀視靜好便以為可以擁有靜好，或至少得以掌握其中精髓，然而一旦我們採取了觀看的視角，便是以承認差異的心情在享受了。

於是靜好的姿容不在我身上，所有慾望都成為不安全的慾望。

冰涼的罐裝檸檬茶

我們住的民宿有提供早餐：簡單的吐司、火腿圓片、起司片、果醬、奶油、醃橄欖、切丁的黃瓜與番茄、水煮蛋、紅茶、咖啡……幾個白色大瓷盤列成一排，來自各國的住客便三三兩兩排隊取用。取了早餐，拿了銀亮的刀叉，獨自一人的通常坐在一旁的室內桌椅吃食，多人結伴的則到後院，有些前往涼亭，有些則直接坐在露天長桌上吃喝起來。如果在後院，身邊來回穿梭的便是半放養的貓咪父母與小貓，一隻比一隻凶暴地覬覦我們盤內的食物。

民宿近旁有間小學，如果不仔細看，還以為那是間稍微寬敞一點的棗紅色民宅，但門口的土耳其國旗和凱末爾畫像仍不禁引人多看兩眼，最後終於證實這棟建築的身分。

於是每日吃早餐時，除了後院內交談的各國語言，還常會聽到小學生的上下課鐘響或玩鬧聲。貓咪在一旁嗚咽，角落有兩隻民宿養的巨型烏龜前後追蹤，據說是一段永無止境的發情求歡與被拒。再裡側則掛了剛從民宿洗衣房拉出來的涼被，雖然早已烘過，但他們仍習慣掛起來，用力拍打幾下，張扯開放一陣子，吹風。

當時才入秋，葉子剛開始落，一切還不算太濫情。

凱末爾是土耳其國父，也是結束蘇丹統治並開啟代議民主制度的第一人，所以除了在小學門口看到他的頭像外，家戶門口偶爾也能見到印有他的旗幟或海報。然而比起凱末爾將軍的臉龐，伊斯坦堡最常出現的標誌大概就是「雀巢」的商標。於是凱末爾負責提醒大家：土耳其是個民主西化的國家，「雀巢」的商標則提醒大家：土耳其和全球資本主義血脈相連。

就連在每天穿越海峽的渡輪上，零食攤唯一賣的也只有雀巢咖啡，來自歐洲的品牌。如果不想走去零食攤，也會有年輕或年老的男性雇員邊走邊兜售紅茶、柳橙汁、橢圓長扁形的三明治或硬麵餅，但如果是像我這樣需要咖啡提神的人，只好每天上渡船時走去零食攤，買一杯味道永遠同樣酸苦的黑咖啡，直到這種黑咖啡的味道及齊整的熱度都嵌入了旅遊回憶。

為了帶領土耳其走向現代化，凱末爾的手段是非常激烈的。每當我從別人的書寫讀到這段歷史時，總不免談到他是如何地向歐美靠攏，又是如何決絕地驅逐鄂圖曼王朝的皇室成員，接著就是廢除宗教學校、宗教法庭、宗教服飾……然而等我去參觀他的官邸時，除了導覽員對於建築材料、來自西方與日本的珍奇禮品及各式空間規畫的介紹外，真正令我印象深刻的，只有宮內永遠停在九點零五分的所有時鐘，因為凱末爾正是在一九三八年十一月十日的早上九點零五分過世。多麼恐怖的紀念方式。非常尊敬，但又非常嚇人。因為他們並不紀念他的誕辰，不紀念他所有喜樂的成就，他們紀念的是他的死亡。他們紀念的是：在這個空間裡，我們願意讓你明白，一旦你過世了，一種可能的未來便消失了，那未來不見得更好，也不必然更壞，但絕對專屬於你，而在這裡，我們便紀念走向這段未來的前一步，以及那一步踏出後便懸空的永恆停滯。

在某一天早上我起床，下樓吃早餐前先到房間的小陽台往外望。我聽到遠處的學童發出歡快的吵鬧聲，更遠處當然就是渡船的鳴笛聲，而眼前的樹叢中則是一棟棟半現代化公寓的後陽台。由於面對著同一個方向，從我的方向看過去，這些陽台只剩下錯落的部分。不過至少我看得出來：幾乎每個後陽台都往外架了兩道曬衣竿，那曬衣竿

可以往內摺疊收起，需要用時再往外展開。由於展開時兩道曬衣竿與後陽台的牆面同高，所以無論是曬衣服或棉被，從遠處看就像是平行浮貼在後陽台的壁面上。不過那天清晨，我看到其中一家人的後陽台拉開了曬衣竿，但沒有掛曬任何衣物，只是放了一整排雀巢檸檬茶的空罐，矮小的，多彩的，一個個張口朝向從樹林間透入的陽光，底下有一隻野貓跳上某家後院年久失修的矮破磚牆，嗚咽了一聲後又消失。消失在矮而雜亂的小樹叢中。

這就是那片停滯時光以外的世界。時間繼續往前走，走成了混雜而奇特的樣態。不知道凱末爾如果站在我的位置，這個土耳其當中西化最成功的城市，這個指望帶著整個國家加入歐盟經濟體的城市，當他看著這一整片小樹林內的後陽台，聽著海的聲音，聞著海的氣味，以及那一小排雀巢檸檬茶空罐，會不會對於自己親手創建的土耳其未來感到驚人的陌生？

「若有人問起，她會說她贊成土耳其之父凱末爾的西化政策，但事實上——這一點她跟城裡每個人都一樣——東方或西方都提不起他的興趣。」（註）

出自《伊斯坦堡：一座城市的記憶》奧罕・帕慕克。

底下有一隻野貓

我從小就住在台北的公寓，單層單戶，左右整排的獨棟公寓或新或舊，但至少都有五層樓，齊齊排起來就是一面粗厚的牆，一面高低參差又前後凹凸的牆。這種場景在城市並不少見。雖然不見得是同年代的建築，但站成一排之後，怎麼看都有了相連的命運。

對於住在公寓的人而言，要是說「底下有一隻野貓」，講的應該就是樓下街道上有隻野貓。然而，儘管貓的位置不變，要是說話者住在平房，那就會變成「外面有一隻野貓」。當然，對於住在公寓的人而言，野貓仍在室外，但決定性的相對位置卻是上下，因為底下無論如何無法包含室內的含義。不過在伊斯坦堡時，有一次我站在民宿門口，看到陡斜向海的坡地巷弄底端有一隻貓，於是也說了「底下有一隻野貓」。說完之後，自己也覺得有趣，要是在台北平緩的街道上，我只會說「前面有一隻野貓」，或「路口有一隻野貓」，但這裡的坡度實在太明顯，不用「底下」實在無法精

DİŞ HEKİMİ
SİNAN ERTUNGA
348 86 08

確描述那位置。

地貌實在是很奇異的空間經驗，有點像是人們走上加速電扶梯的第一步。儘管並非時時意識到，那一步必定會自然加速，身體也自然傾斜，為的就是搭配電扶梯向上或向下的速度。於是到了新的地貌空間時，人們彷彿踏上一座停止維修的電扶梯：你大大跨出一步，卻發現速度不對。原來自己生活的規律也不過是種彷彿恆常存在的特例。

博斯普魯斯海峽的兩岸是陡峭的坡地，許多建築於是沿著坡地傾斜往上建築，道路當然也就如同山路般傾斜往上爬。如果遇到比較複雜的小丘，那巷弄間的小路更是上上下下，要是剛好有車朝著下坡路倒車，那看起來簡直像隨時會墜毀的小飛機。

然而無論道路如何傾斜，伊斯坦堡人都喜歡待在戶外，或坐或站，彷彿待在屋裡是種褻瀆。剛入秋時雨季還沒開始，我去的十天只下了一天暴雨，其他時候大多陽光普照，於是即使在小巷

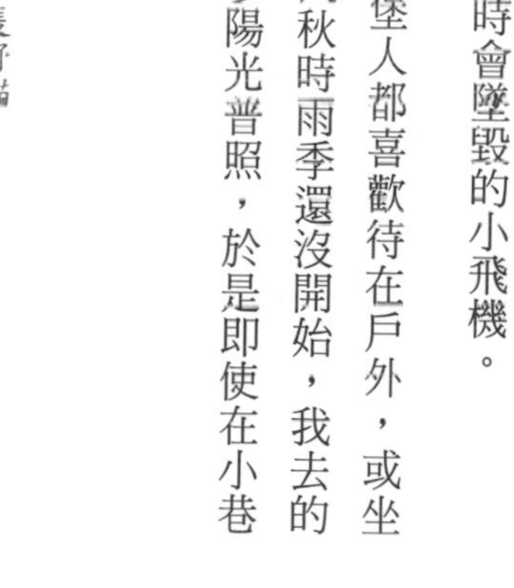

底下有一隻野貓

內，他們也會在吃食攤販或門前擺個小凳坐著，又或者就是靠牆站在門外，一直站在門外。當然，這些在室外站坐的幾乎都是男人。他們或者是年輕人在學區附近群聚抽時髦水煙，或者就是兩個中年人對坐下起土耳其跳棋（Dama）。另外有些時候，尤其到了傍晚，這些男人就是在戶外坐成一整排，不見得做些什麼，就是面對著來來往往的行人，或許閒聊一兩句，或許就維持一整片的安靜。

當然，這是觀光區或老式住宅區的場景。要是到比較近代的都會區，公寓住宅方正新穎，與我在所有城市看到的幾乎無異，男人集體待在戶外的情況就不那麼常見。然而這種情懷似乎沒有消失，只是以不同形式展現。比如在熱鬧繁華如同台北西門町的塔克辛（Taksim）一區，我便與K去了一間小酒吧。雖然天光還亮，離傍晚還有好一段時間，但酒吧內已有幾位零散的酒客，男人居多。他們並不狂歡，沒有搭訕的意願或被搭訕的氣場，甚至缺乏基本交談的準備。他們只是一致面對戶外的街道坐著，那桌子除了板面及一根桌腳外，於外界沒有任何阻隔——沒有窗玻璃、沒有牆面、沒有掛簾或任何飾物。他們沉默喝酒，彷彿酒精早已是日常的一部分，就連所謂買醉狂歡都顯得奢侈而天真。

我在台北時也喜歡去小酒吧，但去的大多是密閉而狹小的店面，別說看不到外界天光，大多數時候這種地方連窗戶都沒有，或是狹小隱祕到幾乎令你無法意識到那幾片玻璃的存在。對我身邊的城市人而言，喝酒是一件被特別挑選出來的事，要不是為了解放狂歡，就是為了痛苦的經驗借酒澆愁。去酒吧是一種選擇，在某個人家裡帶酒聚會也是一種選擇，但這種飲酒經驗畢竟還是帶有社交意味，無論快樂苦痛都只是社交的原因或背景。然而我特別喜歡那種獨自去酒吧的人，甚至是那些獨自在家喝酒而我永遠遇不上的人。對這種人來說，酒不是帶有口味的麻醉劑，他們不是只把酒當麻醉劑，就是只把酒當成剛好帶有酒精的飲品。他們只追求徹底的失能或口味的掌控，他們維持自己與酒的一對一關係，專制而絕對，浪漫到幾乎令人尊敬。

然而在伊斯坦堡那些老舊的城區中，尤其在部分傾頹但仍矗立的漫長城牆邊，人與酒的關係似乎又進入一種不同的狀態。酒是空氣、水與偶爾漫談的延伸。當那些男人坐在一起，有些人喝酒，有些人不喝，似乎沒有人真正在意。偶爾在他們張大眼睛張望的街巷對面有一區公園，現代化的遊樂設施之間，緩步行走的全是包了頭巾的婦女牽著還在學步的孩童。一條街隔開了兩個性別的世界，兩個世界的眼光沒有交集。要是經過了如我和K的觀光客，他們才會偶爾抬眼，因為規律之外的闖入者匯聚了眼神。

酒在這一切背後流動，沒有形體卻又是全部。

我和酒與酒吧又有一種特殊的關係。學生時代，酒於我一度是城市中神祕的所在，我知道有人喜愛，但那份喜愛距離我太遙遠，彷彿一段他人的異國戀情。然而我遇上了情人S，S喜愛上酒吧，於是我跟去，發現那所謂的異國戀情其實舉世共通，沒有任何神祕之處。從此我可以喝酒，也可以上酒吧，但總有哪些地方不對勁。我可以坐在酒吧內光可鑑人的石製吧檯前對酒保微笑，可以玩各種提供給酒客的骰子遊戲，那些遊戲節制有禮絕不色情；我也可以根據當天場合決定喝威士忌或水果味調酒，可以冷眼旁觀那些喝了酒而開始縱情說話的其他酒客，看他們疲憊皺褶的衣領之上的雙唇不停溢出疲憊的言語。然而就是有哪裡不對勁。即便我後來學會自己在家喝酒，簡單的雙邊關係，沒有情人S，也沒有酒吧，我仍然知道有些地方是歪斜的。

就像我在伊斯坦堡的高低起伏的小巷裡穿梭，視線水平望去，有時是站在坡頂的一雙男人的腳，一高一低，有時又是過遠的海，一切該在地面的物事都已經瀑布般往下流去。

我過了很久以後才知道，問題不在於酒，也不在於酒吧，而在於情人S。我憎恨那些和情人S在酒吧裡喝酒的時光，更憎恨進入這些時光的自己。那是一種細微而無奈的恨，因為情人S從未勉強過我什麼。他坐在吧檯上面對酒保，坐在對桌時面對一旁窗外闇夜內的街景。就連要出門，他也只是通知，我便想像自己原本就想跟隨，並自行發明了大約已經喝酒十年的脈絡。然而他在酒吧和朋友閒聊，如果沒有朋友就不閒聊，我是無關的風景。情人S安靜、漂亮，但此外就再沒有別的了。

他沒有什麼可以給我，所以把他的空間交給我，要我走進去，以為只要我走進去，我們就會待在同一個地方。然而情愛關係是這樣的：如果無法在你們兩人身上創造出一個屬於彼此的空間、一個獨一無二的精神空間，並讓這空間調節你們的視野高低，安放你們上下躁動不安的情緒思想，那麼兩人終究無法在任何地方存活。這不是誰追隨誰的問題，而是許多時候，追隨本身就是無效的行為。

比如我說：「底下有一隻野貓。」而活在原野上的人只能想到土裡腐朽的貓屍。

又比如台北總有許多林立的大樓，但大多數窗戶都是密閉的。就算在公寓住宅區，也很少有窗戶前沒有隔著陽台。窗戶用來通風，用來接納光線與風景，但並不用來進行任何人物的交流。或許有偷窺，但要是窗與窗之間的距離太近，城市人總是聰明地掛上整面窗簾，久了就連偷窺也是奢侈的事。我們在各自的空間裡聆聽他人洩漏的聲音，大多數能聽到的都是極端的爭執或快樂，又或是節慶到臨時人們聚會的喧譁話語。然而真正的生活是安靜。真正的生活是眼睛。即便是語言，也必須是那些最接近靜默的語言，細碎綿延直到足以構築一個世界。

即便是窗戶，能夠探身想必還是最好的姿態。一天下午，我和K走在一個學區附沂的傾斜街巷，所有房舍的一樓都開了小店，有肥皂店、藥店、櫥窗掛了大大棋板的玩具店、轉角的手機包膜店、茶店、平價流行服飾店……一個個方形石磚鋪成的地面往前延展又消失，路邊立著一根根灰綠色的燈柱，頂上的燈泡周圍繞了一根根細細的金絲。我們坐在一張路邊的金屬長椅上，身體靠在椅背上，聞著空氣中溫熱的海味。接著我們抬眼，發現一個男人正靠著窗口往下看，我們和他揮手，他也笑著和我們揮手。隔幾棟的房子窗戶又有一位男人探頭出來，微笑一下後害羞地縮回室內。眼前有青春的男女學生結伴經過。就在這一刻，在這個異地，我和K都在這裡，在底下，在一個只屬於我們的世界。

傾頹但仍矗立的漫長城牆

關係的延展便是如此，不停構築、拆解再構築，只是有時到了最後，你們並不落在城牆的同一邊。

人的自我邊界也是一樣。曾經一個階段建立起來的認知不停延伸，到了下一個階段，突然發現想法已經變了，因此或許拆毀，或許修正，或許就再往外建一道新牆，為自己的思索意識擴展新的領地，並重新確認什麼樣的人事必須隔絕在牆的另一邊。

在伊斯坦堡的西區（Western Districts）有一道漫長的舊城牆，這道牆一路從北方的金角灣（Golden Horn）延伸到南方的馬爾馬拉海（Sea of Marmara）。那是羅馬帝國的君士坦丁大帝在西元四世紀初所建造的城牆，為的是定義自己領地的邊界。不過等到後來的狄奧多西大帝正式繼位，新建的城牆吞噬了舊有的城牆，兩者同時存在，但一道仍有空間效果，另一道則只剩時間效果。到了現在，則所有城牆都只剩時間效果，這些城牆以漫長的歷史提醒我們：曾有一段時間，爭權奪位的男人們真心相信有形的城牆抵禦得了一切。

又或許換個角度來說，與其說城牆的目的是抵禦，不如說是宣戰的前提，即便你建築這道城牆時從沒和誰這麼說過。畢竟如果沒有圈限的慾望，沒有為自己所擁有的事物烙上名姓的慾望，誰也不需要和誰掀起戰爭。

當然「擁有」也是一種可疑的概念。比如一棟房子，你買下它，不見得擁有那塊土地，於是腳底下踏的地板和實際的土地便有一種概念上的分界；又比如一棟房子，你只是租住，所以不擁有那個空間的牆面與屋頂，然而一旦生活過，你便確實擁有流動在那個空間中的時間。不過要是談到情人，如果想對所謂的彼此擁有做出定義，那面對的簡直是一段趨近病識感的過程：你必須用各種方式合理化自己的種種病徵，直到有一天，你不得不承認自己病了。

愛不讓人病，意圖擁有卻讓人病。

抵達西區的城牆有很多種方法，你可以坐地鐵過去，也可以沿著幾乎與博斯普魯斯海灣垂直的金角灣搭船而上，然後在最接近的渡口下船後步行抵達。由於整趟旅程幾乎都在漫遊博斯普魯斯海峽，而地鐵又已經坐過幾趟，熱愛海洋風情的我於是仍選了金角灣的渡船。由於並非主要觀光景點，所以儘管已經從伊斯坦堡歐洲側的渡船中心艾彌能努（Eminönü）出發，但光是找到出發的正確渡口就花了我們不少時間。渡口藏在一整座素樸老舊的停車場後邊，賣票的亭子很小，沒什麼人，就連售票員都不見蹤影。我和K只好先繞到附近的一座極小清真寺閒晃，又沿海往遊客稀少的方向觀察那些私人擁有的小船。比起城市中幾家大公司，伊斯坦堡畢竟就和整個土耳其一樣，是個貧富差距極大的城市，許多私家小船堅持而毫無選擇地以較低的價格招攬遊客做海峽觀光。海鷗則排排聚集在它們塗了好幾層漆的半舊船舷上，和望向遠方的船東一起端坐在輕微的浪上起伏。閒晃一陣後回到售票亭，小小的窗口終於打開了，我們於是買了票，和大約五個船客在一個小雅房那樣大的上下船處等待。

金角灣比博斯普魯斯海峽小巧，每個停靠站間的距離因此較近，沿途的風景也比較接近日常，少有那種大型又精巧的古行宮或氣勢磅礡的巨大宮殿。船上仍有遊客，但相對少些，倒是多了些似乎從遠方來觀光或探親的本國人。一位賣喀什米爾毛毯的商人拿了一袋多彩的布料正在推銷，於是似乎來觀光的一家人中的老太太便將布料一條條抽出，輪流又仔細地繞在自己的頸項與肩膀上。陽光斜照進蓋有頂棚的船艙外座

位，使得每條毛毯上較亮顏色的絲線都開始發亮：銀色、金色、紫金色、銀白色、水藍色、酒紅色……那些異地珠寶般美麗的光亮在老太太眼裡卻是日常，她眼神謹慎，但仍愛美地仔細比較。渡船頂上一如往常有眾多海鷗跟著，在空氣中上上下下翻滾，遊客則靠在船邊，一些人拿了長鏡頭的大型相機，一些人專心把渡船上賣的硬麵餅或三明治撕碎，往上垂直扔給海鷗，海鷗也不停以高難度的特技姿態接住。老太太終於決定了，選了一條深紫色的喀什米爾毛毯，上面有淡藍色絲線，她滿足地笑，仔細調整，好讓薄毛毯微鬆地垂掛在肩頸與手臂上。一個她兒子模樣的人付了錢，接著轉身去安撫扭動不安的小女兒。

我小心觀察他們，面對面的兩只板凳，或許生活之內，或許旅遊之外。

船客在熱烘烘的秋陽下穿梭談笑，水邊近處就是公園、馬路或其中多彩的遊樂設施及長椅。在到達目的地之前有五站，船於是在小巧海峽的兩岸來回停靠，平常稀鬆，彷彿只是行走於一條台北的六線道馬路。空氣是飽和的，還擰不出水，但足夠了。船上一聲聲報站的廣播我必須繃緊神經才聽得確切，但旅行正是如此：逼自己將所有神經繃緊直到足以割開早已老舊的視野。

剛在埃方薩萊（Ayvansaray）下船時，眼前的景象非常缺乏旅人期待的興奮感：沿海步道植樹、馬路齊整單調，還有如同台灣省道路邊的簡單建築。為了找到城牆，我們必須穿過民宅間的小巷，再次沿著海邊山丘的坡道逐漸向上行進。西區的房舍老舊，遊客較少，現代化的建築也不多，許多居民來自東土耳其，於是當我們在小巷爬行時，身邊常常出現穿了完整土耳其服飾的男女：男人戴著老舊的布帽子，女人除了頭巾還穿了寬鬆的單色布長褲。由於此處的經濟狀況較不富裕，人們雖然穿著傳統服飾，但不見得仔細打扮，但我們仍遇到了一位全身穿戴整齊的老年男性，手上握著似乎是瑪瑙製成的長念珠，滿臉微笑地和追在腳邊的五、六隻貓咪親密說話。

在剛開始，牆都在民宅的另一邊，隱約可見，但我們始終找不到能直接抵達的小徑。牆是漫長的存在，曾經定義並抵擋，但現在只是牆。住在周邊的人民不特別仰望牆，不特別害怕牆。那意義如此龐然卻又日常得令人無法抵擋。

越是廣大的陸地越需要牆，但對島嶼而言，牆卻是意義過於擴張的存在。

在大片陸塊上圈限土地，是為了將認定的他者隔開，在四面環海的小小島嶼圈地，往往是被城牆隔開後又立刻被海隔開，最後疏離的是自己或他者有時難以辨認。

我在台灣的島嶼上沒看過什麼城牆。台北只剩四座古城門，另外幾座西班牙及荷蘭時期的古城也只剩幾道斷垣殘壁，許多留下的部分甚至不超過兩公尺見方。於是你站在那些殘壁旁，感覺對方並沒有特別強壯，自己也沒有特別弱小。那道牆的物理性質不足以震撼你，你必須自己懷想。

然而伊斯坦堡的這道城牆不只是龐大，更令人震撼的是它的日常，是它被周遭居民尋常瓜分的方式。中國的長城是著名風景區，儘管有熱門與不熱門的區段之分，但至少大家都用類似的眼光看待這項遺跡，之上也總有觀光客獨自或成團地行走，讓長城以一種被特別關照的方式保存屬於歷史的時光。然而伊斯坦堡不同，雖然一直是觀光大城，但政府對於古蹟修整似乎仍處於些許力猶未逮的狀態，再加上這一區的城牆周邊住的是經濟較不富裕的城市邊緣人，所以城牆便以非常自然的方式被涵括在其中，也幾近浪費地自然崩毀。比如你會在傾頹的牆面上看到古時一個窗台遺跡，但窗台旁的牆面早已碎裂，隙縫繞出堅韌雜亂的藤蔓，而底下則是一座社區的小公園，裡頭的腳踏健身器材漆成幾乎螢光的亮黃色，但剝落了幾塊，於是又露出底下沾了髒汙的暗黃色。

我和K走到了城牆的一段，那裡似乎原本連接了一部分建築，雖然建築破損得厲害，但石造城牆的前方仍然留有一個入口，上面也新裝了木製門板，只是用鐵鍊鎖了

起來。我們在外面看了一陣，本來要放棄，此時一位當地人卻從殘存建物的另一邊冒了出來，招手要我們過去。原來如此。他從一輛破舊的小貨車上搬下梯子，領我們到後方城牆邊，架好梯子，要我們上去。我問價錢，他執意不回答，不願意放棄這筆生意。其實我願意花錢，也相信他的開價不會在我完全無法接受的範圍，但我無法忍受這種互動之下的預設前提：我先講了價錢，就是給你拒絕的理由。當然我也明白這種前提之所以存在的前提：他們需要靠這平日生活中的城牆賺取生活費，這在遠方遊客眼裡充滿異國及歷史風情的城牆。

我屈服了。我可以不用這麼做，但我屈服了。那一瞬間我選擇了一種類似同情的姿態，並以這種姿態將自己的屈服合理化。我們爬上那棟石造建築的破敗內裡，真的是破敗，除了幾根殘餘的石柱與牆面之外，內裡地面就是一整片的傾毀，大小的碎石塊高高低低堆滿地面。無論以評斷古蹟的方式或一般建物的眼光來看，這裡都毀壞得令人傷心，連要爬上頂端都沒幾個像樣的落腳處。露天的城牆頂部很高，景觀確實很好，但後來我們又發現一段設置了階梯的城牆，高度甚至更高。然而我必須承認，當時我的屈服多少是受了神祕的誘引：你知道那被阻隔的之後或許沒什麼，但只是或許，你即使吃虧也想知道。

有形的城牆，無形的城牆。那背後你即使吃虧也想知道。

我們最後走完了城牆的三分之二，登上兩處高點，其中第二處高點看來是個守望塔，中間有一座極深的天井。從守望塔往四處看去，你能看到剛剛來時路上的民宅小格小格擠在一起，還能看到幾座巨大的尖頂清真寺，幾條新建的現代高速道路則在遠處延伸。在這裡仍能聞到海的清淡氣味，但視野所及的只剩下遠方纖細的水色絲線。是了，根據旅遊書的資訊，這裡就是最高處了。最高處。高處上有幾位孤單的青少年蹺課或失學遊蕩，踩在他們腳底的牆頂滿是一個個噴漆塗鴉。我從這裡看到開闊，但或許他們看到的是無盡的限制，是開放但拒絕他們的壯闊不可能，正如同這道決絕的城牆本身。

沿著原路走回渡船口的路上時，我們發現一個剛剛沒注意的西瓜攤，攤販在簡易搭起的褐色乾草棚底下鋪了一層同色乾草，色調和背後粗黃色的土牆無異，而飽滿的西瓜就這樣一粒粒靠著牆往上堆疊。顧攤的人不在，留下的只是一個梯形方框和當中同樣堆疊成梯形的眾多西瓜。我和K想吃西瓜解渴，於是等了一陣，有點累，便也靠上土色城牆等待，就是等待，而等待不用宣戰。等待暫時不用翻越。

瑪瑙製成的長念珠

伊斯坦堡這裡，有人給貓戴念珠。

念珠在許多宗教裡都有。偶爾在台北的捷運或公車上，你會看到一位婦女握著手腕上的念珠默默誦念，那通常是十一顆、十四顆或二十四顆珠子串起的長度；又偶爾你看到一位老年男子，他體面穿戴了白色窄邊帽與海藍色開襟毛衣，鬍鬚修剪齊整，手上拿了一大串看似昂貴的光潤念珠，一〇八顆，你想，注重此等儀式的人拿的一定是正規一〇八顆。一〇八顆念珠代表斷除一〇八種煩惱，你誦念，你斷除，你誦念，你斷除，簡直讓禁慾行為本身像種情愛關係。

當然在台北，念珠大多屬於佛教。如果想看天主教的玫瑰念珠，那就是在電影裡才容易看到了。玫瑰珠雖名為玫瑰，但珠子本身暗黑或花俏都有，因為意圖瑰麗的主要是禱詞，是藉由虔誠誦念《玫瑰經》以獻給聖母瑪利亞的馨香。五十顆珠子分成五組，每十顆代表十次誦念，中間的隔珠則需要誦念奧義。五十顆之外通常還會有幾顆小珠子垂掛著十字架，色澤材質不一，然而最重要的是那顆連結十字架的主鍊隔珠。那顆隔珠特大，是所謂的母珠或起始珠，用的通常是防腐後上了亮光的橄欖核。有些念珠甚至聲稱母珠來自耶路撒冷東部的「客西馬尼園」，也就是據稱耶穌被門徒猶大背叛之地。那花園就位於橄欖山下，而橄欖山正是以滿山的油橄欖聞名，那些能夠用來榨油維持人們生計的橄欖樹。

即便是宗教的產物，這種物件提醒你的，卻往往是生活中的情感細節。比如三毛曾寫過一篇文章，當時她已嫁給西班牙籍的先生，每次回公婆家都感到拘束，因為信仰天主教的兩人較為保守，不喜歡這對夫妻常常出門玩耍。有一次為了要出門，三毛跟公公說要出去找一串橄欖木念珠，於是公公便微笑同意他們出門。他們玩了一整天，最後才去買了那串念珠。輕微的欺騙成全彼此的快樂，輕微的欺騙暫時抹消無法跨越的差異。又或者在信仰天主教之人的喪禮上，棺木中的屍體常握著一串玫瑰念珠，你看著那畫面，想到的不只天主、不只聖母瑪利亞、不只耶穌，還有那人生前一顆一顆撫過念珠的時光。那人的手勢，那人的姿態，那人腦中轟然作響的虔敬言語。

至於在伊斯坦堡，通常看到的念珠都屬於伊斯蘭教：三十三顆、三十四顆、九十九

顆。正如同佛教最正統的念珠數目為一〇八顆，伊斯蘭教念珠的最正統數目為九十九顆，為的是讓人讚美阿拉的九十九種德行。這裡的念珠常常在母珠上掛一串流蘇，顏色鮮麗，拿在手上時垂墜搖晃，和亮麗的珠子彼此襯托，以美彼此挾持。

念珠材質很多，有木類、礦物類、骨類、植物核果類或動物毛類，仔細討論下去便會發現其中埋藏了時尚史與資源掌控史。然而現在人造材質眾多，在伊斯坦堡許多小店就能看到大量便宜的塑料或玻璃念珠，陶瓷的也不少。即便是天然材質，大多也是材質不那麼純粹的廉價瑪瑙或虎眼石，偶爾看起來像扮家家酒的玩具，輕便、親切、沒有負擔。

當然輕巧的不只有材質或簡單作工，還有使用的方式。一次我和K到多爾瑪巴赫切宮（Dolmabahçe Palace），這是一個晚近才建築的宮殿，完工於十九世紀中。雖然建於鄂圖曼王朝時期，但為了展現帝國推行現代化的決心，除了鄂圖曼傳統風格外，這棟土耳其目前最大的宮殿融合了大量歐洲元素。於是我第一次在此地看到了歐化宏偉的米白色巨大建築，對稱、齊整、巴洛克風格式的壯闊。雖然內部的寢室與小間仍以土耳其風格擺飾，但是整體空間規畫卻完全脫離本地風格：挑高大廳、旋轉樓梯、西式家具擺飾或日本送來的藝品。由於是觀光重點，又是土耳其國父凱末爾生前最後居住並過世之所在，所以政府管制嚴格，觀光客需要花漫長的時間買票，再花漫長的時間排隊進場。幸好那天陽光普照，建於博斯普魯斯海峽邊的多爾瑪巴赫切宮看來風情萬種，所以我們願意等待。等待是懸而未決的愛意。

就在排隊買票時，宮殿所屬的八人小儀隊從旁經過，他們耍槍、換隊形，嘴裡低聲念著口號。此時我才突然發現，在前方有三位大聲誇張談笑的青年，而其中一人雙手背在身後，指尖就捲著一串藍黑色的念珠。

我在這趟旅程中進過不少清真寺，有出名又壯美的藍色清真寺，也有只屬於當地住民社區的小型清真寺。無論是否習慣觀光客出現，裡面膜拜的氣氛總是肅穆。男人不是在面向麥加方向的壁龕前盤腿而坐，便是趴跪祈禱；女人則一律坐在最後方，被柵欄或各式垂下的布簾隔著，永遠像是低頭忙著手上一些什麼。觀光客被夾在男人之後，女人之前，不敢向前侵擾，也不敢恣意觀看圍在柵欄裡的女性。雖然大部分觀光客會將頭以圍巾或外套包上以表尊敬，但事實上，除了藍色清真寺直接提供藍色頭巾與鞋套外，並沒有任何清真寺做出任何強制要求，所以許多遊客也就直接省略這項動作。然而參觀的氣氛始終是詭異的，和參觀教堂禮拜完全不同。那當中有一股憤恨，一股輕微但令人不安的憤恨。

膜拜的人們永遠完全忽略觀光客的存在，我說的忽略不只是招呼與否，而是一種全然拒絕的姿態：不說話、不笑、沒有眼神接觸、沒有對方在這個空間存在的認定。因為那是他們的生活，神聖的信仰生活。然而當這樣的兩群人彼此徹底忽略，中間的縫隙便開始令我不安。這畢竟不是彼此接納，也不像友好的鄰人般彼此招呼，反而更像一種堅定的妥協。他們堅定地把這份信仰完整呈現在外人面前，不信仰阿拉的人面前，然而這當中的每個細節褶縫都埋藏了委屈。這一切也呼應了伊斯坦堡的市容：嶄新，幾近暴力的嶄新，然而暴力翻修的痕跡當中仍有太多老舊的氣息。政府說要把土耳其帶向西方，並聲稱這是正確的道路，於是無所不在的信仰符號成了尷尬的存在。這些清真寺不只是古蹟、不只是特色、不只是商品。這裡的人們似乎還沒有足夠的準備，但卻已被迫選擇一種姿態。

所以他們不說話。至少在清真寺裡，他們將平日置於口袋的念珠緊握在手上，假裝排山倒海的觀光客不存在。藍色清真寺每日排定參觀時間，嚴格控管觀光客的進場人數，然而前後蓋了深色塑料布的門口還是會有大量觀光客擠在一起。他們在日常之外快樂輕巧地脫下塑料鞋套，大多數人頸子上掛著昂貴相機，衣色鮮麗；此時總會有幾位全身罩滿黑色頭巾、衣袍與面紗的女人經過。她們的臉上似乎沒有表情，眼睛

內也毫無神色，但偶爾我們仍會四目相遇。

我一直想詢問這些看似無比安靜的女人：妳們究竟如何看待我們？這些觀光客？

在某一棟小型的清真寺外，我看見一位披著頭巾的絕美少女，她獨自站在庭院草地邊緣的欄杆外。欄杆內有野貓，非常多的野貓，滿地都是人們為了餵養牠們而放的塑料或紙製碗盤，食餘更是散落滿地。草地因為過多的貓顯得斑駁光禿，貓則各色都有，只是因為長期浪遊蓋了一層灰土。這些貓幾乎每隻都意氣張揚，看得出和人類在此城市勢均力敵的傲氣。少女則非常靜默，不說話，只是又拿了一紙盒食物親愛地放下，眾多野貓立刻蜂擁而上，將紙盒打翻後凶猛搶食。那場景是暴力的，但少女眼神中沒有一點驚慌，倒是發現我們在觀察她時，才有些害羞地把臉別開。

此時我看到一隻野貓頸子上掛了念珠，短的，貓頸子部分還懸了一塊藍綠色孔雀石。

我轉身，看著從清真寺禱告結束離開的傍晚人群，幾隻貓逆向經過，似乎希望討到人類一點關愛。此時一位壯碩的男子彎下身，並不特別微笑，但手掌從頭到尾好好摸了一隻野貓，接著速度不變地繼續離去。貓回頭看了一眼，也繼續向前，一人一貓都沒有眷戀。

於是我知道了，生活都是一樣的：是念珠給掛到貓脖子上；是腰肢偶然柔軟的善意；是嘴中各種喃喃聲響，但不一定要聽得清明。我們祈禱，說的是不同話語，但期待類似的應許，是瑪瑙製成的長念珠偶然落地，那細瑣但確切的樂音。

禱告結束離開的傍晚人群

根據《可蘭經》的教義，伊斯蘭教的教徒一天必須禱告五次，我在伊斯坦堡時記錄到的禱告時間也是五次：5:00、13:00、16:20、19:00和22:20；正式名稱則是晨拜、晌拜、晡拜、昏拜和宵拜。為什麼能將時間記得如此清楚？因為這五次正式禱告都必須大聲誦念出聲，於是在當代伊斯坦堡，整個城市都會在固定時間同時廣播禱告的經文，整個城市，無論你在哪裡，無論願不願意，都會瞬間被包裹進屬於宗教的時空內。

每當廣播響起，我就無法克制地觀察所有人的動向與表情。大部分的人無動於衷，彷彿早已習慣自己的不敬，有些人儘管沒有禱告的打算，但仍會因為廣播聲怔忡一陣，眼神瞬間出現迷茫的罪惡感。不過也有許多人非常敬重這五個時段，比如我們到蘇菲亞大教堂附近的一個小市集阿拉斯塔（Arasta Bazaar）時，正好就遇上了傍晚的禱告時間，於是許多店面空蕩蕩，不是上鎖便是無人看顧，你連進去閒晃都覺得褻瀆。每到這時候，我總是開玩笑地說：無良盜賊就一定要挑這個時候打劫，除非是連盜賊都趕去清真寺祈禱，身不由己。

除了目睹被禱告者留下的空蕩店面，我也曾在路上見到為了趕上禱告時間的奔跑者。那剛好也是在蘇菲亞大教堂附近的丘陵地小巷，小巷內還有一間當地的小旅行社，我們剛從旅行社問了幾間博物館的資訊。因為才剛過正午，太陽熱辣，然而小巷另一側架高的籃球場仍有幾位壯年人在打球。此時禱告聲響起，整個城市又韻律了起來，我於是看到兩位穿著高級西裝的男子一路從巷底朝我們跑，艱難向上，兩人的黑皮鞋在熱燙的石磚路上彷彿隨時會融化沾黏。他們的短髮都梳得整齊，白襯衫完全沒有皺褶，身材高瘦。其中一位手中還捏著念珠。他們奔跑，他們正要去禱告。

又有一次，我和K到了一家台灣也有的美式連鎖咖啡店，即便飛過了一整個亞洲，這間咖啡店的內裝仍然相同，暗綠色與咖啡色交錯。menu也是類似的，只是討好地加入了土耳其咖啡，也就是杯底殘留咖啡渣的小杯咖啡，帶有焦炭般的重口味。這家店和我們住的民宿同一區，都在亞洲，也都靠近博斯普魯斯海峽，是亞洲的最西邊。由於附近剛好有一間專科學校，所以年輕人多、書店多、平價衣物或飾品的小店多，氣氛也活絡。附近的一家大通訊行做了台灣廠牌手機的巨幅廣告，路面電車沿著軌道駛在海風裡，通信行對面是高級童書店與知名牛仔褲的店面，據說許多好萊塢明星都喜歡這家土耳其品牌。一位看似大學生的女生經過，頭上包著素面頭巾，身上穿著日系花柄的洋裝式上衣，粉色柔軟的棉布，底下搭的也是清秀的白色素面長袖高領衫。在咖啡店外的眾多桌椅間，有傳統的土耳其男人朝向路面發呆凝視，如同所有愛在咖啡店或酒吧外的男人那般，也有新潮的學生圍著筆記型電腦嬉笑玩鬧。此時禱告聲響起，從各個喇叭傳出來的禱文一樣大聲而清亮，匯聚在所有衝突的元素裡。我突然覺得哪裡不對，這聲音中隱隱有雜訊，然後我才意識到：咖啡店正在播放爵士樂。

咖啡店正在播放爵士樂。

雖然說起來奇怪，但這確實是我的意識過程。從我進入那家店，向店員點購飲料，拿著大杯與中杯的杯子比手畫腳，一下用土耳其的里拉溝通，一下又用歐元溝通，到拿著點好的飲料走向戶外餐席坐好的過程中，我一直都沒有意識到爵士樂的存在。倒不是我沒有聽到，我確實有聽到，我始終知道那樂音的存在；然而我又不知道，或許因為這家咖啡店向來喜愛播放爵士樂，所以我便自然地接受，又或許對我來說，在伊斯坦堡的異文化中，爵士樂反而是我相對親近的文化產物，於是我毫不思考地便將其納入我的環境認知當中，沒有一點隔閡。

然而禱文卻是絕對的存在，絕對得足以再次喚醒我對於環境的感知。我突然意識到，就在此地，就在此刻，我在一個大部分人民信仰伊斯蘭教的國家，少數信仰基督教，少數又信仰希臘正教，但大部分是伊斯蘭教。他們一天要禱告五次，雖然政教分離，但整個城市仍用所有人都能聽到的方式提醒這件事。於是在這一刻，在這一個被爵士樂環繞的現代化連鎖咖啡店中，這些坐著不動的人是不同的：他們或許是觀光客、或許是不同信仰的人、或許是擁有同樣信仰但已習慣對此儀式疏離、又或許是來訪的交換學生。然而儘管擁有理由，正當的理由，那一刻的我坐在那裡，竟然湧起一陣輕微的異教徒罪惡感。

那不只是因為爵士樂當中的耽美與肉慾，甚至也與信仰無關，反而是因為瞬間摸著了差異的界線與形貌。只要是信仰，無論是宗教或非宗教的信仰，當中一定有部分是同質性極高的思想或理論，這些同質性凝聚成聖杯，也凝聚了所有共享信仰的人們。然而理解不是同一件事，理解需要拆散，需要去支離習慣的思緒與語言模式。於是共同存在的差異必定得稀釋其中每份信仰的濃度。理解是冷的，必須是冷的。因為一旦加溫，那便容易是愛或恨，兩者擇一。然而在那一刻，我不確定爵士樂與禱文兩者是否同樣冰冷，而且即便冰冷，即便因為冰冷而兩者禮貌共存，我也不確定自己會因此感到興奮喜樂。

溫暖似乎只存於縫隙，而縫隙如此珍貴，如此稀少難尋，和那溫度一樣輕微。

我在四周遊走，遇見一間小型通訊行，從櫥窗透進去觀察，不需要懂得土耳其文也明白店內提供手機包膜服務。在店面三角窗旁靠近門口處，一整排吊掛的塑膠鉤上綁了一個個手機的背殼。其中一個畫了粉色的日本無嘴貓，我翻了翻，又找到一個寫了中文的機殼，殼上的風景是豔紅的楓葉，文字寫著「楓情萬千」，此時我突然感覺到一股視線，抬頭，看到店員正瞧著我，四目相交，他拘謹地微笑了一下，我也微笑。我們是彼此的異國風情。禱告的聲音已經消失了一陣子，離下一波禱告還有一段時間，或許在這之間，我們的信仰比想像中還接近。

又一天的清晨六點，我難得在禱告聲中微微轉醒。空氣微涼，清澈，和花蓮的清晨接近，只是多了更多海的聲響。在廣播喇叭放出的禱告聲中，我知道遠方有許多人早已在清真寺內跪拜默禱，有些人在路上趕著，以目標的設定與達成圓滿一天的開始。我聽到後陽台外的枝葉上有鳥兒鳴叫，接著又沒入夢裡，希望用再次睡著證明自己短暫的本地人身分，希望在這個清醒與夢境間的間隙，將自己縫在這些屬於他人的禱詞中。

理解是冷的

語言很有趣。雖然對於我和大部分土耳其人而言，英文都不是母語，但如果需要溝通，兩方多少會試著擠出幾個英文字彙，並努力捉摸對方理解的程度。

比如時間長短。我有一次在巷弄中遇到一位中年男子，高瘦儒雅，相當有禮，他在地下室有個擁擠的小店面，因為是觀光區，賣的似乎是觀光客會有興趣的土耳其咖啡、水煙及紅茶。在一樓的人行道上，他放了幾張風格各異的桌椅，其中有張鋪了華麗喀什米爾毛毯的長椅，拼湊的木桌也鋪了花色複雜的布料，旁邊則有另外幾張較小的木桌搭配白色庭園塑膠椅。閃著多彩玻璃的水煙則放在一旁的角落。我們和他聊了起來，他於是坐下，但仍先禮貌地以手勢問坐我身邊是否適當。他會的英文字彙不多，所以我只好用旅遊書上的土耳其話加上英文與他艱難對談。幸而對話最重要的是體貼，是善意，所以儘管理解有限，整段對話仍非常愉悅。

我們跟他談到住的民宿，談到去過的景點，也談來的地方。在談到必須從亞洲坐船來時，我們談到時間，船行的時間。我努力想表達時間不長，所以每天來回也不辛苦，我想到英文字彙是「short」，以為這是最接近意思的簡單字彙，但他困惑了一陣，看我的手勢，最後終於恍然大悟地說，「time」、「small」。我於是開始想像，在土耳其的詞彙當中，時間的長短概念其實是用大小來談。又或者，他只是比較熟悉這個英文字。但我永遠無法真正確定。

又比如食物的形式。伊斯坦堡當然也有連鎖速食店，在台灣盤據的兩大速食店都有。然而或許是源自於土耳其的藝術傳統，所有速食店的內部裝潢總是相對多彩，不見得新，但就連普普風的壁面飾板也比起台灣鮮麗而活躍。然而速食店就是速食店，無論哪裡的速食店，似乎總不能擺脫那點令人頹喪的氣息：躲雨的老人、因為讀書疲憊而趴在桌上睡覺的學生、眼神空洞的中年人；儘管裝飾如何想要表現出活力，許多角落卻仍露出老舊衰頹之氣，比如一片被反覆塗刷的漏水髒汙，又或者藏在飾板側面的漏膠，或不知何年黏上的灰敗口香糖。

不過在我去過的幾家速食店裡，我學到一件事，如果要點薯條，就一定要說「potato」。其他說法都是沒有用的。不是「French fries」，也不是「fries」。從哪個國家來不重要，用的是何種烹調手法也不重要。重要的是食物本身。也是因為如此，我終於明白了土耳其文的馬鈴薯說法「potates」，和英文很像，最後也畢竟記得了，因為即便在非速食店的所在，馬鈴薯仍是他們各式快餐店內常見的食物。

說到速食店，就不得不繼續談：有朋友對我出國還去速食店的行為非常不解。然而這是我的樂趣。我也去大賣場，比如這趟還特地去了伊斯坦堡的家樂福。我喜歡看到自己的平日生活被翻譯成外國版本的模樣，我喜歡去吃那些賣場裡賣的便宜熟食：油膩、簡陋、粗糙，和台灣的家樂福很像，但完全是土耳其版本。我喜歡看見外國人在平日生活的姿態，那種冷漠、抗拒、完全沒有期待見到觀光客、並因此徹底沉浸在自己生活節奏的姿態。我不需要聽他們說話，不需要誰的翻譯或解釋。我甚至不介意偶然窺見他們被生活壓逼的一絲悲傷。因為熱情足以塗抹短少差異產生的裂隙，真正的理解卻是隔一段距離，試著在他人的喜悅與憂傷中找到一種共同的情懷，那共同的情懷如巨鷹盤旋在高冷的山峰天際，偶爾發出淒清的嚎叫，吸引你們的共同目光。如果到了那個時刻，連語言都是多餘的；如果還不到那個時刻，語言本身就是多餘的。你只能觀察，將自己匍匐於生活的細節，偶爾渴望這些不同版本的細節能將你們連結起來。

但即便無法連結起來，也無妨。比如我本來逼迫自己吃下從家樂福買回來的鯷魚捲橄欖，因為我深深相信，即便家樂福的熟食不精緻，也是日常食物的不精緻版本，所以我一定要嘗試看看。然而那調味實在太酸了，為了去掉鯷魚的腥臭，我滿嘴只能嘗到醋味的尖刺。我最後只好放棄，拿起一袋軟餅乾啃食。結果第二天心中靈光閃現，突然翻出標籤一看，果然，是紐約風格的餅乾，真丟臉，我還以為找到了喜歡的土耳其餅乾呀。

在將自我邊界往外拓展的過程中，生冷是必然，但偶爾還是需要無理耽溺的放縱與溫暖。你就是需要那餵養你眾多年歲的積習，即便那或許是根本的陋習。

匍匐於生活的細節

為了這次旅行，我重買了一條行李綁帶。

行李綁帶是可有可無的東西。如果旅行是齣戲劇，行李綁帶幾乎像排在配角群最尾端的傢伙：反正只有兩句台詞，誰來演都行，刪了也無妨。

我很久以前有過一條行李綁帶，大賣場常見的七彩類型，數字鎖，看來非常粗壯勇猛。後來一陣子沒出國，綁帶就不見了。於是我去家飾小店買了條淺藍色帶棕橘葉片的綁帶回來，簡陋的普普風圖案。其實綁帶本身看來不是很堅實，但還過得去，所以我還是買了。反正這種小配角即便買差了，大概也出不了什麼翻天覆地的紕漏。

回家整理衣物，舊綁帶就給翻出來了。每次都是這樣。真正重要的物事很少丟失，因為你總會在記憶角落裡為它留個位置；至於真正不重要的物事丟失也無所謂，有時甚至連曾經擁有都不復記憶。然而綁帶這種角色，要是不綁，心裡一陣尷尬，像是考前沒再看一次記憶閃卡；只是一旦旅行結束，你也不願為它付出足夠的關愛。我的意思是，要是細心一點，綁帶留在行李箱上或箱內都好，如此簡單的舉動，然而就是因為沒有細心的必要，往往一個閃神、一次順手，或整理時的瞬間判斷，你可能就將其留在衣櫃夾層。一年半載後，你便會突然面對著兩條綁帶，感到一種尷尬的多餘。幾乎是浪費、幾乎是漫不經心，但又不足以讓你責備自己。

在機場的航空公司櫃檯等候時，我忍不住觀察了旅客的行李綁帶。台灣各賣場喜愛銷售的七彩綁帶果然重複性高，有些人特殊的品牌綁帶明顯購自國外，另外有些人則堅持使用紅色塑膠繩反覆捆綁。當然有些人不用綁帶，只是在拉鍊鉤了鎖頭，鎖頭有簡單繁複各種款式，高級版通常碩大肥滿，搞得行李箱彷如隨身保險箱，默默散發欲蓋彌彰或焦慮過剩的氣息。再仔細觀察，旅行團的團員通常傾向瘋狂捆綁自己的行李，看來常常搭機洽公的商務人士頂多掛個小鎖頭，背包客或散客就比較隨性，不然就是隨便綁一綁，不然就是連託運行李也沒有，讓一個背包涵括了所有移動之必需。

如果仔細想想，綁帶的存在完全是意外。行李箱的設計就是讓人到處拖拉，當然也包含承受託運時的碰撞。幾乎沒有行李箱在販賣時附贈綁帶，除非是用於收縮衣物體積的內帶，不然附贈外部綁帶根本等於承認自己的不牢固。然而人有恐懼，而恐懼在停滯不前時最容易累積。於是久久旅行一次的人們總是把行李綁得老緊，而反覆練習的人則緩慢鬆弛了邊界，容許恐懼消解匍匐於各個縫隙：不是消失，但不願恐懼沉澱凝結成巨大的團塊。反覆練習的人不再擔心太多的遺漏、不再害怕慣有生活無法完美重現，而且最重要的是：不再放棄未知，即便未知帶來的往往是災難。

然而旅行追求的便是災難，小小的災難。旅行的途徑上沒有什麼覆水難收。沒有什麼痛苦不能留在背後。你在遠方將自己剝除所有脈絡，乾淨如同新生的嬰兒。你因為美好的物事狂喜，因為惡劣的物事痛心疾首，連眼淚都異常乾淨。這一切在遠方看來如此自然，但要是在一般生活的所在便是災難。一般生活的所在需要你收攏所有思緒，需要你將一切調整成適當的音量，包括笑鬧與悲鳴。你甚至需要因此恐懼外在，並信仰自我沉滯的毫無選擇。

所以行李綁帶是每個人現有生活的遺跡。你在機場來來往往，看著一條條各色的綁帶如同條碼，在你眼前閃現他們現有生活的快樂與恐懼、他們被迫收攏了多少情緒、他們用什麼方式保護自己。又或者，他們不保護自己，便輕易感到安全。

小小的災難

我們去伊斯坦堡的季節已經是九月底，草莓不是最盛產的季節，但在一般的小市場仍然看得到。伊斯坦堡大部分地區屬於地中海型氣候，所以無花果和葡萄等水果隨處可見，石榴更是當中的大宗，無論是單賣、入菜、榨汁，總之隨處可見。然而無論是當季或過季水果，一切顏色都鮮豔得嚇人，彷彿吸收了過多陽光，不把這光彩綻放出來勢不罷休。

本來我也沒有非買水果不可，然而在一個小巷的市集中，番茄紅豔、圓茄飽滿，各式閃著銀光或帶紅鱗的魚大片排開，油綠西瓜如遊戲獎品般錐狀堆放，金黃酥脆的炸麵餅更發出甜膩的麵粉香。食材本身就凶猛，帶有一種原生的氣勢，就連再製品如起司小鋪都火力強大：大塊大塊切開的乳白、橘黃、灰白帶綠，或者外紅內黃的球體……於是當小販站在熟透的草莓堆對我微笑，晃著空空的棕色紙袋與我招呼，我便入魔地買了一袋。

草莓是我這幾年才開始喜歡的食物，然而這樣說也不精準，應該說我曾以為自己討厭草莓，但其實討厭的主要是草莓香精調味的加工品。比如小時候有一種長條型麵包，稍硬，麵體如同蠶寶寶分成一節節，除了原味之外，通常還會以巧克力奶油或草莓奶油調味。草莓奶油很甜，對我來說帶有一種藥水味，所以每當有長輩拿出兩種口味的麵包，我總是毫不猶豫地選擇巧克力，並對選擇草莓的人感到一種困惑的排拒。

草莓調味乳對我來說更是災難，畢竟藥水攪入奶味絕不會是好東西。

總之此後我就以此滋味為草莓定調，無論何時看到新鮮草莓，我都只想到藥水味，不苦，但就是有些歪斜，有些不對勁。

然而後來常吃新鮮草莓之後，心中僵固的原型才逐漸軟化，重新形塑出一種新的記憶與感受。不過這狀態也有另一個面向：從此之後我只敢吃真正新鮮的草莓，級別也不能太低，不然我寧可不吃，就怕年幼時的草莓記憶輕易被勾起。我寧願一兩年不吃草莓，也不願意吃任何讓我感到猶豫的草莓。

其實要是把場景放回台北，伊斯坦堡這一攤草莓絕對不會勾起我的興致。畢竟這批草莓體積很小，而且明顯過熟，空氣中甚至已經瀰漫著輕微發酵的味道。然而發酵的效果在這裡卻成了助力：在陽光與各種食物氣味的推動之下，發酵的氣息帶有誘引的甜香，所以我買了一袋，邊走邊吃，任由莓汁在我口腔內過早噴發又過熱地流淌。

才走回民宿頂樓的露台，從與海垂直的欄杆以尷尬的角度面向海，想要繼續吃的草莓就已經在棕色紙袋的底部糊爛了。我猶豫著，異國草莓好像不該輕易放棄，但這又是為了什麼？我把輕微鏽蝕的鐵椅努力往欄杆靠近，想要多看到一些海峽的景象，想要利用山丘加上樓的高度俯瞰更多的遠方。我之所以預訂這間民宿就是為了這片景致，然而此地光景卻和網路上的照片不同。面向海的角度太尷尬，露台也顯老，地板與牆面都蒼白，只看得出許多背包客在鐵椅及躺椅上徹夜喝酒狂歡的痕跡。我又硬撈了一顆草莓，那顆草莓勉強維持著潮濕的形體，我想想，這又是何必？

我走回位於一樓的民宿廚房，把剩下三分之一袋的草莓連汁給扔了。然後打開紗門，走向後院，蹲下，為陽光中瞌睡的小貓搔了搔頭。

輕微發酵的味道

從城市邊緣的機場往市區行進時，車子必須開上快速道路。快速道路至少有六線道，寬闊但擠滿了車。然而儘管在夜色中，道路上仍有許多男人在賣花。是的，賣花，在濕氣沉重的陰暗道路上，車子因為過多而走走停停，四周除了工廠就是大型賣場，因為占地廣闊而被迫在城市的最邊緣落腳。在道路與這些巨型建築之間什麼都沒有，大多是水泥地或長了雜草的灰土地。然而總有男人埋伏在那兒，老年或青壯年，他們等待車行變慢，然後立刻從容不迫地從邊緣竄出，在六線道的道路上兜售手中花朵。由於天色昏暗，我只看得出是黃白色的花，類似水仙，但無法確定。他們行進的速度和台北街頭兜售玉蘭花的婦人類似，但快一些，偶爾還會玩心大起地彈跳說笑，或者認識的兩位青年就隔著三線道大喊，雖然聽不懂內容，但兩人臉上都帶著自嘲的笑容，彷彿在調戲自己的處境。

那是一種游擊戰的姿態，帶點挑釁。他們以莽撞的方式販賣商品，但大部分人不打算販賣自己的弱小。他們的姿態彷彿在說，嘿，你們這些可以開好車的有錢男人，買幾朵花吧，買幾朵花取悅你們那些嬌貴的女人。這些花要是剩了帶回去，我家的女人可不會被取悅。

階級會在不同國家顯現不同的面貌。比如在伊斯坦堡，回教雖然不是國教，但在生活中畢竟還是很有力量。於是即便貧窮，街上也很少看到女人出來販賣物品。然而貧窮的女人不是不會出現，她們到處出現，只是以乞討的姿態。尤其在人潮聚集的觀光區，更是每隔一段路就會遇上一位包了頭巾的女性，她們大多懷抱嬰兒，低著頭默默坐在路邊。至於貧窮的男人則會找出各種東西來賣：麵包、打火機、廉價文具、餅乾、花、毛毯……他們身段活潑，他們大聲叫喊，他們笑或者不笑，或者不輕易接受拒絕。然而女人永遠低著頭。年輕的女人低著頭。年邁的女人低著頭。她們的孩子從來不哭，又或者是因為只要孩子一哭，她們就立刻帶著哭聲遠去。

於是眾人之間沒有淚水，沒有哭聲，沒有直接逗引人們同情的苦難。就連詐騙在這裡都強力而驚人，沒有太多修飾過的說法或計謀。試圖打劫的人操著一口流利英語，一等你落單就立刻跟上，問你玩得如何、去過哪裡、開不開心，愛人？忘了你的愛人吧。我們去喝酒，好好玩一場，忘了他吧。

我的優越感於是在此輕微發酵，逐漸散發敗朽的氣息。人就是這樣，內裡蟄居的黑暗只等著勢均力敵的黑暗來試探。同情多容易，我們站在橋上給溺水的人拋一朵花，餘味多香，水流過後仍一派潔淨。然而那些強悍的靈魂站在你面前，赤裸露出自己的黑暗或多年壓迫後的潰瘍，甚至寧願換你的厭惡成就他一生的公平，你卻突然從內裡腐爛了，甚至忍不住質疑：你被允許如此強悍嗎？

當然被允許。誰都被允許。我快速走著，想讓敗朽的氣息盡快散入風裡。

他們笑或者不笑

我是標準的路痴，腦中有圖像記憶，卻沒有導航能力。即便在住了超過二十年的台北，除了幾條熟悉的大路之外，我的方位概念還比不上許多賃居台北兩、三年的好友。就連智慧型手機出現之後，我拿著手機開了地圖導航，往往還可以在一個路口東繞西轉，最後還是走了相反的方向，只好再花雙倍的時間一路狂奔到原定地點。

然而我還是以我無用的圖像記憶自豪。比如我和朋友要找一間餐廳，明明很久以前去過，但記憶已有些模糊，然而只要到了店址附近，每個巷口張望一下，我就能靠記憶比對的光景圖像指出正確的巷弄。這是真的：只要看過，我都不會忘記，即便只是朦朧的形象、氣味、店鋪的方位，或者曾經走過的街角地面質感。然而這項能力通常只能確認，無法讓我找到全新的所在。

當然，這項能力在自助旅行時，可用度大約是零。大約，我對自己很客氣。

重複確認去過的所在是居民的特權，他們可以行使，也可以不行使，但這份特權總之永遠存在。大部分的自助旅人明白這件事，所以他們事前仔細規畫路線，確保自己不走冤枉路。時間有限、時間寶貴、即便浪遊也無法虛擲。我卻只要拿起地圖就頭暈，不明白為何要如此虐待自己，所以我的規畫很簡單：找出幾個必去的大景點，基本上遵照旅行書上建議的步行路線，其他就問路，就隨緣。我喜歡這種奢侈的旅行方式，我喜歡偷窺景點以外的生活裂隙。我相信這是最適合我的方式。

於是到了伊斯坦堡後，我總是抓了人就問路。由於語言不通，我往往直接攤開地圖，先指當下的所在處，再指向目的地，希望對方能比手畫腳地給我一些指點。當然也有些時候，我不負自己的路痴身分，直接攤開書希望對方指出當下的所在，臉上還止不住地露出羞赧討好的笑容。大部分時候我都順利到達目的地，但偶爾難免失敗，結果就是在小住宅區裡東晃西繞，或者莫名遇上另一個小市集或海鮮餐廳集散地，於是立刻懶散地將其設定為目的地。歧路的紀念，並非驚喜，而是更好的意外。

不同的地方便要與不同的人問路，比如在伊斯坦堡大學附近時，找為數眾多的學生問路最為穩妥。畢竟他們即便對路線不熟，通常也願意熱情為你解決問題，或至少和身邊的同伴討論詢問。在比較時髦新潮的塔克辛一區，最好找看來親切的商務人士，他們通常會講英文，但偶爾也會不小心遇上來此地洽公的外地人；這裡高中生多，但問起路來不可靠，畢竟這個年紀的青春孩子還不太在乎外界的空間世界。如果在人煙比較稀少的舊城區，年紀小的孩子會熱情跟著你，但問路一樣不行；做飲食生意的青壯年會比較樂意指點你，雜貨店也還行，有些在路邊下棋的老年人也願意親切協助。然而女人不行。女學生不行、穿著馬靴的時髦女性不行、白髮蒼蒼的慈祥太太也不行。我試過幾次，她們總是微笑地拒絕我，帶點尷尬的不安。我始終無法確定她們是真正不認得路，還是覺得這麼做有些不妥，文化的、宗教上的、隱隱的不妥。

當然這只限於問路。一日我們遇上的是國高中的活潑少女，那熱情卻激烈異常。她們尤其對我身邊的K有興趣：一個來自東亞的高壯男人，光頭，抽菸。抽菸這件事尤其給畫上了螢光線。這些少女或許成群聚在清真寺外，或許在舊城區結伴穿梭，又或許在家樂福外車速快得異常所以行人完全無法穿越的馬路邊。她們眼睛晶亮，青春氣息旺盛，彷彿要與所有傳統服飾對抗般穿得非常新潮：仍然不敢太過暴露，但不介意裸出一點肩膀，或在各色螢光服飾之上掛滿廉價首飾。那些大片的星星與月牙在她們的耳垂及胸口晃蕩，睫毛濃密刷翹，指頭上更滿是貝殼材質的乳白或孔雀藍戒指。她們對外面的世界好奇，不停問我們來自哪裡，又用簡單的英文問我們那裡是什麼模樣，Good？她們抽菸，但過於年輕，所以牙齒和指尖都還一片白淨；她們對外面的世界好奇，但只是詢問又不夠，也無法立刻啟程去看，所以只是跟K要一根菸。她們總是會要一根菸，然後輪流地吸，將菸用力吸進肺裡再吐出來。細細的菸在她們的齒牙與唇間流轉。然後她們咯咯地笑，彷彿被世界搔了癢，再用土耳其文快速評論香菸的味道。然後她們道謝，Thank you，再喧譁笑鬧地離開現場，那聲音距離老遠都還聽得到。

我喜歡她們飢渴的眼神。雖然我知道這份飢渴是危險的。這份飢渴可能將她們帶往更遠的所在，也可能讓她們在此過得更艱辛。這是所有居民的宿命，不屬於旅人，然而說到底這也不過是同一個人身上的兩道身影。不過回台灣後我才想起，自己從未向這些少女問路，倒不是故意避開，但總是反射性地遺忘；或許因為她們張揚笑鬧的方式，我想，因為那總讓我瞬間誤認：和我們一樣，她們只是此地的旅人。

成群聚在清真寺外

成群聚在清真寺外的不只灰白的鴿群，不只賣冰淇淋的攤販，還有光腳的男人。

在進入清真寺禮拜前，每位男性信徒都必須洗臉、洗手、洗腳，因此清真寺外的水龍頭是必要的存在。有些水龍頭設在清真寺的中庭，小巧的柱狀構造圍繞著四到六個金屬水龍頭，構造上用瓷磚貼了《可蘭經》經文或傳統花飾，不然就是刻了傳統圖像的老舊石柱。然而要是清真寺規模較大，水龍頭就不是少少幾個可以解決，所以包括藍色清真寺等幾座大清真寺外，人們總是可以找到一整排水龍頭設置在特定的廊道中。每條廊道特色不同，但通常會設置或圓或方的石椅，以供這些男人坐下潔淨自己。於是無論身穿何種衣飾，這些男人都會在此脫下鞋襪，洗腳，擦淨，再進入清真寺內。

在土耳其東部的許多小鎮，女性是進不了清真寺的。大城伊斯坦堡沒有這個問題，但女性仍是陰影般的存在，她們面目模糊地進出，姿態低調異常，所以究竟是否需要潔淨臉面與手腳呢？同樣一個陰影般的祕密。

然而無論如何，這些水龍頭都是很有趣的小東西。這些金屬製的生活用品絕不呆板，上面供人旋轉的手柄花樣多到令人眼花。如果只是在一般生活中，此地的現代衛浴系統中一樣有各式水龍頭手柄：簡潔的金屬、套了塑膠外殼，或者直接換成常讓人瘋狂揮手的感應裝置。不過清真寺的水龍頭為了保留歷史感，大多使用黃銅或類似的金屬材質，許多在連接到石牆面之處還做了各種立體花樣，有時是鳥、有時是盛放的花、有時是如同門側鉸鏈改良後的飾板。金屬的好處是會隨著人類手上的油漬磨光、會輕微地毀損，即便是原本做成孔雀開屏般華麗的金色手柄，也總會隨著時間緩慢柔潤。

我常常想，那片小小的領域大概是全世界反覆骯髒又潔淨最頻繁的所在，又或者我們應該說，是骯髒與潔淨之分最難以界定的所在。因為在清真寺外，一天五次的禱告都有人來，這些時候的水龍頭很少空著。一個個男人接連將水龍頭旋開、扭緊、旋開、扭緊……來自不同行業的餘味不停疊加又稀釋。就理論上而言，水洗過後的男人們應該一樣乾淨，一樣足以進入虔誠禱告的宗教空間，然而這項儀式其實相當溫柔，容許各種錯誤。在負責宗教儀式淨化的水與火中，火最有效益，畢竟即便真正的惡無法被燒去，進行儀式的物件總也會被確實炭化成灰；水卻只是忠實的提醒，反覆的聲援，你知道這無法真正洗淨什麼，你必須洗淨的是只有你自己明白的內心罪慾。

我觀察他們清洗，也觀察他們清洗時的談笑或沉默。在骯髒與潔淨最難以界定的所在，人們從華麗或簡樸的牆面之間穿越，從通往聖處的入口與出口沒入或現出。他們手腳潔淨，並期待著下一次的潔淨。他們最相信的其實仍是時間。

當然，成群聚在清真寺外的還有旅人。雙眼貪婪且執著於當下瞬間的旅人。

水卻只是忠實的提醒

除了博斯普魯斯海峽和金角灣之外，不去探望南方的馬爾馬拉海或北方的黑海是不行的。對於住在島國的人而言，探望海洋彷彿一場必要的收納術，畢竟那本來就是自己的一部分，只是需要時間按圖索驥、編目、確保被安放在自己早已滿是水紋的胸懷。

為了探望馬爾馬拉海，我去了南方的王子群島，王子群島以往是用來監禁王子的階下囚，現在則用來歡迎買別墅的有錢人與觀光客。島上幾乎沒有車子穿行：靠港口的小街鎮全是徒步和腳踏車區，如果想往高一點的山丘上行進，除了腳踏車就得搭乘昂貴的馬車。為了因應觀光客的需求，島上就像許多台灣的觀光區提供自行車租借服務，琳瑯滿目的小店通常兼營餐廳或民宿，就散落在圍繞著港口的小鎮當中。於是你走過小超商、遇見腳踏車出租店、走過櫥窗放滿各色護髮瓶罐的美髮店、遇見腳踏車出租店、走過賣拖鞋的木製花車（上面還插了一支支的風車）、遇見腳踏車店、接著你發現一間小型的連鎖量販店、然後又遇見腳踏車店。負責出租業務的有老人也有年輕人，大家都衝著觀光客笑，笑得臉都要裂了。畢竟觀光客來放鬆，沒人想見著悲傷。

出租腳踏車還是個小型戰場，人人雖然蓄勢待發，但頂多用微笑與招呼迎向你；馬車出租處就是個真正的戰場。雖然每輛繞滿塑膠花的馬車上面都掛了價目表，然而負責的管理人卻均一價地喊，你要是有所疑問，他就不讓你上車，直接迎向下一組旅客。我問了一次，被完全忽視，心底就自己起了爭執。要是在台灣，這種事我寧願不接受，更何況我也不是非要遵照旅行書建議的那種人，心裡正在掙扎，一對看似美國人的男女遊客便和管理人爭執了起來，綁了馬尾的金髮女性氣勢驚人。不能講價，還不能併車嗎？她轉向我，問我和K願不願意和他們共乘，至少分擔昂貴的車資，我當然說好。然而管理人不耐煩了，繼續忽略我們，金髮女性憤怒了，拉著男人離開，留我們站在原地。因為一股莫名的情緒，我還是屈服地上了馬車，讓兩匹駿馬震顫地帶我們往山上爬。

划得來嗎？嚴格來說是一點也划不來。我不是一個特別需要去觀光景點的人，即便是城市的普通街巷也能讓我滿意，然而王子群島中的這個「大島」（Büyükada）其實特色並不鮮明。對我來說，這裡適合讓伊斯坦堡的人偶爾度個假：爬山、騎腳踏車、看風景、然後在港口找家舒適的餐廳為一天作結。然而此地要是只有觀光客，就沒什麼足以讓我感興趣的光景；雖然山頂仍有幾間古老的修道院，但除非是你有特定喜好，不然也無法令人興奮。此地的別墅是很漂亮，白色外牆配上紅屋頂，整片看過去有那麼點希臘風情，但卻也是有點老舊的風情，又或許因為景氣並不好，許多別墅都掛了出售的牌子，外部欠缺整修，不是門廊的燈破了，就是整座庭園雜草蔓生。無法壓抑的沒落彷彿正在流竄。

雖然租馬車的經驗並不愉快，負責駕車的馬伕倒是很溫柔，甚至溫柔到有些害羞。他停在每一個景點，簡單地用手指圍出方框，提示我們這裡適合照相。雖然我不覺得那些地方特別美，但以這個島而言，我有一種大家都已經盡力的感覺，所以不如配合完成這項儀式。我還向馬伕問了兩匹馬的名字，馬伕還向我們介紹兩匹馬的個性。然後這就是全部了，我們繞了小山丘一圈回到港口小鎮，花了台幣超過一千元。

這大約是我整趟旅途中最不愉快的花費。然而我的情緒不來自管理員，不完全是，當然也不來自溫柔的馬伕或馬，更不是有些破敗的別墅、幾乎沒開門的半山餐廳，或者其實景色並不特別雄偉的照相景點。我不愉快的癥結點在於：當管理員逼迫我一定要付出這個價格才能上馬車時，我無法像那位金髮女性一樣轉身就走。其實我明白自己不坐馬車也不會錯過什麼，但在那個瞬間，就那個瞬間，我感覺到了讓這次交易強行成立的各種巨大渴望。管理員的不友善是被生活壓逼出來的，再加上我們去的時序已入秋，而這個島在冬天顯然沒有生意，所以秋天更是拚業績的最後時節。倒不是覺得誰可憐，然而，在面對這個島上強行運轉的觀光系統時，我覺得自己如果不配合，幾乎就沒有和當地島民接軌的其他方式，而在這個制度之外，即便我擁有多少善意，在他們眼裡都是有缺損的。

其實我也可以選擇接受缺損，但在那個瞬間，我選擇掏出了不願意的金錢，結果就是讓自己恆常處於希望得到回報的失望狀態。系統畢竟是系統，你配合了，得到的就是預設的結果。如果還想要求更多，那都是多餘了。

沿著博斯普魯斯海峽到北邊黑海時，我也遇到類似的狀況，但稍微輕微一些。在渡輪最後一站，我們遇到了前身為漁村的觀光小村阿納多爾卡瓦（Anadolu Kavaği）。此地的景點是阿納多爾卡瓦城堡的廢墟，這是一座遠從拜占庭帝國就留下的遺跡，後來當然又歷經了多次的重建、擴張與傾毀。到了今日，此座廢墟不再具有原本的防衛性質，但讓此地擁有絕佳防衛能力的資產已然轉化，成為可貴的觀光資產：景觀。從這裡你可以眺望黑海，可以看著在博斯普魯斯海峽匯流入黑海的交界，巨型的貨船進出來往，就在你腳下緩慢逡巡或在遙遠的地平線上緩慢消失。雖然天氣清朗，遠方的海卻仍然覆蓋一層隱隱的霧氣，而船隻如同在那彼方穿越迷魅，穿越全部有形或無形的隔閡。儘管心知這是套裝行程的一部分，儘管知道再往北走有更接近黑海之處，但在當時的我確實滿足了。即便被包裝在半強制的觀光系統中，那一刻的我確實無所謂，確實喜歡當下的自己。

資本主義中小小的超越，半自欺的超越，然而各種主義都需要各種的超越。

在我們爬上足以望見黑海的高處之前，同船的遊客幾乎是一起順著指標往小丘上走，然而在一條汽車行走的繞山道路上出現了一個牌子，上面畫了前往城堡廢墟的路徑，表示必須爬上一片充滿餐廳及手工小店建物。此時又出現了一位褐髮男子，他先是研究那張牌子，接著轉身看向大家，操著標準的英文說：「你覺得這真的是唯一的道路？還是他們只想把我們帶上去花錢喝咖啡？」

我和K後來沒選那條路，還是沿著汽車道路繞上山頂，事實證明即便繞山到目的地也很近。不過下山時，我還是走過了那片充滿商店的建物，買了幾個玻璃藝品小販做的首飾：項鍊、手鍊、戒指，全都鑲綁了幾乎成為觀光符號的玻璃藍眼睛。藍眼睛就像孔雀羽毛尾端上的同心圓狀符號，藍色為主體，中間會有一圈細的白或黃，無論在各個市集都隨處可見，一些商店或民家也會將其鑲在建築牆面中央，類似我們掛八卦鏡的位置。關於此種避邪物，相關的來源或故事當然很多，然而這另稱為「邪惡之眼」的墜飾並非土耳其獨有，許多鄰近國家都有類似的傳說，所以究竟為何成為土耳其的紀念品主力，其實也非常令人好奇。畢竟關於眼睛盯視而嚇退惡靈的想法並不複雜，又或者靠著眼睛的魔力奪取他人所愛的故事也不複雜，只是真正來到此地，看到鋪天蓋地的藍眼睛幾乎消滅了原有的幽微魔力感，我也只好樂得買幾顆藍眼睛，讓它們鬆鬆墜在我的手腕上。多輕盈。

然而無論在南方的海或者北方的海，我印象最深刻的場景還是在阿納多爾卡瓦的碼頭。當時我們剛吃玩粉裹得有些厚的花枝圈和炸魚，也見識了每到用餐時間便會聚集過來的大量華麗貓群；我和K肚腹飽足，在碼頭等待回程的船。水邊的房舍是一棟棟整齊的長條建築，一棟棟漆了各自的顏色：鮮黃、純白、淺綠、膚橘……窗台隱約有一些晾曬衣物，畢竟那天是美好的晴日，還有小船從一棟建築底下的拱形通道沉默穿出，而前方更是停了一艘艘現在或許不那麼常出海的船隻。我坐在過度發酵的興奮與安逸裡，竟然從附近一間時髦的露天餐廳收到了無線網路訊號，因為受到誘引，我忍不住想知道：如果在此地用社群網站打卡定位，顯示的會是什麼地點？那是我人生第一次在網站上打卡定位：黑海。我在黑海，原來黑海早被輕易收編入我們手上的定位系統裡。

然後我看到了那位背包客，那位青年頭髮散亂、衣著隨性再加上身邊的大背包，一切都在在證明他獨自闖蕩旅遊的身分。他就坐在碼頭前的一個圓形小花壇邊，身邊趴了一隻大黃狗，一隻當地的狗。那隻狗看來是喜歡上他了，於是緊緊湊著他打盹，那位青年也一邊寫日記一邊搔搔黃狗的頭，讓黃狗忍不住露出醉心的快樂神情。此時有一隻花貓走來，身上半長的華麗皮毛淺灰與淡橘黃交錯，花貓嗅了嗅青年，接著也直挺身子在他面前坐好，青年於是對貓咪笑了，溫柔說了幾句話，也搔搔貓咪的額頭，再繼續低頭寫日記。那是一段在遙遠暖陽下的日記，身邊有一隻黃狗、一隻花貓，許多來回攬客卻似乎非常遙遠的餐廳服務生。我和K則在對面看著他，等著背後的船來把我們載走，等著水域把我們帶往更遠的地方。

或許那些服務生攬客一天後回家，站在面海的露台上，感受著還有陽光餘溫的衣物偶然掠過自己的側臉，心中想的也是同樣的事。

此時有一隻花貓走來

這當然可能是我的錯覺，但我一直懷疑伊斯坦堡的花貓皮毛特別華麗。不知道是陽光還是海鮮的滋養，每隻簡直都像鑲嵌玻璃或瓷磚馬賽克的拼貼畫。就連黑貓都是亮的，彷彿有燈從那層柔軟的黑色皮毛內裡打出光來。

民宿的後院有許多貓，有些屬於同一家人，有些則是附近的親朋好友，或許因為雜交也有一些血緣關係。住了幾天之後，我逐漸知道哪隻貓較害羞，哪些貓必須不停拒絕才能保持友善的距離。哪些貓從不接近你，你也不該去接近；然而又有一些貓從不接近你，但要是你接近也會友善歡迎，甚至翻出柔軟的肚腹。

然而整體來說，這裡的貓異常自在。伊斯坦堡是一個非常極端的城市：華麗的地方非常華麗、乾淨的地方非常乾淨、骯髒的地方當然也絕不客氣。你會在巷弄路邊看到廢棄的裝蛋厚紙板，一塊塊凹陷中還留了幾顆酸臭的蛋，然而再走幾步，你又會遇上一間小巧但乾淨的義肢店，櫥窗內整齊陳列了各式人類手腳，接著又走幾步，你發現自己進入一個滿是垃圾與塗鴉的廢棄小廣場，再走幾步，啊，好乾淨的小書店，裡面還能找到美麗的繪本和卡夫卡的作品集，而在這一切當中，貓也是一片極端的光景。牠們豔麗、招搖，甚至快樂得有些令人焦慮，然而市民似乎無所謂。真的無所謂。我不感覺他們特別愛貓，也不感覺他們特別討厭貓。無論有沒有人養，貓對他們來說似乎就是鄰居的小孩，有點惱人，有點可愛，有點髒，但小孩就是小孩，你又能要求些什麼呢？

所以你可以看到貓以幾種方式出現，比如清真寺附近，往往會有一個區塊是流浪貓聚集的所在，因為有人餵食，那裡總是骯髒到讓人有點不知所措。然而在觀光區的餐廳，為了做生意，當地人不可能讓貓過度招搖，於是雖然總有個性強悍的貓跑來打游擊戰，希望可以從心情愉悅的觀光客手中得到一些魚塊，服務生通常都會直接拿起澆花器用水噴貓，努力想把貓群趕遠一些。然而那段過程中卻瀰漫著一種溫馨的氣息：貓來，人趕，貓再來，人再趕，貓稍微收斂一陣子，還是來，人忍不住抱怨，但還是只能趕。而你看著每隻貓咪皮毛豐潤油亮，就知道無論這些人怎麼罵，還是無法克制地讓這些貓美好成長了。

我喜歡這種誰也不忍耐的姿態。因為不忍耐，所以底蘊中甚至埋藏了更多的愛。當我不需要你的時候，我會要求你離開；當我需要你的時候，我會要求你回來。你可以配合我，也可以拒絕我，我不會因此憤怒或失望。我也非常清楚，這會讓我們生活的有些地方異常乾淨，有些地方異常髒亂，但活著本來就是這麼一回事。就是這麼一回事。

於是無論何時，只要有一隻花貓向我走來，我的內心都是清明的。我會知道自己是否想留下，知道自己是否想離開。

過境台北

H

跟H認識了太久，久到連相愛都非常困難。

於是為了相愛，每方風景必須分成兩種版本：還沒相愛或者已經相愛。要是沒有定義清楚，讀取回憶時就會出現模糊而失焦的畫面，如同夢裡總是由窗框往外溢出的洪水色彩。但是為了相愛，大部分的時候我都努力並且成功。於是等紅燈的街景加上了手指在掌心的撫觸，輕輕的，就要勾走陽光收束的末尾；巷弄牆邊則有了些微錯拍的遲疑，小麵店或美式早午餐，伴著雨滴撒滿奢侈而輕緩的困惑。而就在這些柏油路的逗點邊緣，青綠色藤蔓又爬滿城市的隙縫。

H是南部的孩子，他對北部這個大城市又愛又恨。「又愛又恨」，他真是這麼說的。很普通的形容，但我想我是懂的。H上了大學才認識這個城市，憑藉一輛一百西西摩托車，許多地方甚至比我這個本地人還清楚門路。我則被方便的大眾系統從小慣壞，永遠只能到達交通指南明確標示的地方。距離對我來說先是易於摺爛的打孔車票，一片永遠和著灰的紫色。之後則以各種五元單位消長：花十五元逛街、二十五元看電影、三十元逛夜市、五十元擁抱海與河口，再來則是悠遊卡刺耳晶亮的嗶嗶聲響抹平了所有旅途的長短。我在最花俏的城市裡機械一般被設定了路徑，直到H用一輛淺黃色的摩托車打劫我的腳步。我終於明白歧途裡所有暗喻，以一種接近煽情的方式。終於我所有對此處的認知變得灰淡隱晦，緩緩漫出觀光地圖的網目。

我終於不再這樣介紹：「我住在動物園與貓空附近，名產是茶葉，但我平常只喝鋁箔包紅茶或無糖綠茶。」

終於有了確定的風景我們就不說，不說任何使意義稀釋的話。我們去動物園但不看企鵝，只在動物園的圖書室階梯上靜靜擁抱，背景襯著變色龍油綠的大幅照片；我們去貓空但不喝茶，只去看無人知曉的小小杏林，看它們粉桃色的花瓣落在早春潮濕的空氣中，黏附我們尚未老舊的布鞋。比起開頭脆弱的友誼，相愛更使我們安靜。我們快樂不願出聲，憤怒不敢出聲，我們的喉頭開始長上暗色且柔韌的苔。偶爾我們學習貓咪溫存模糊的呼嚕聲響，　樣從喉嚨，但隱晦且易於掩飾。我們懼怕語言的能力會使情緒過度真實，因為一旦它們過度真實，不是難以保存，便是無從摧毀。

於是我們常常只是在H的公寓床鋪上做夢，背對著背，反覆夢見巷弄裡一家小小的飲料店。飲料店有不常見的灰綠色櫥櫃，商品與價錢則寫在亮黃色的海報紙上。我總是看不清那些應該是海報體的字跡，H卻總是堅持看到珍珠奶茶、綠茶多多、紅豆烤奶及葡萄柚綠茶。我其實不確定H是不是真的跟我做了同樣的夢，但當我描述著我是如何在每一次夢中，被店門口那簇新鐵門上緣的烈日折光所驚醒，他總是好認真的樣子。他的眼睛甚至會跟著瞇起來，像是真看到了那光，又像是快要睡著一樣。但他其實非常清醒，這是個祕密，而這個祕密只有我清楚知道。只有我知道我們都害怕的那道光，那道會驚醒我們的光，是如何穿過所有風景到了夢裡，又是如何從夢裡豢養出另一個夢，以把我們緊緊捆綁。

那光總是從各種大樓間穿入，落在我搭公車時抓著拉環的手背、落在我進入書店前最後隱沒的腳跟邊緣，然而它最常落在H的左臉頰，使他的左眼總是覆著一層朦朧的薄霧。會落在左臉是因為我只走在他左邊，一種無以名狀的偏執與習性。於是H的整個左邊都是我的，包含他左邊的心臟、左邊的肋骨，以及左手小指尖的指甲。但唯有那收光的左眼不是我的，也不屬於H。那屬於環繞整個盆地的山林，甚至盆地之外所有幽深的谿壑與海潮。我們偶爾被光迷惑，於是熱烈談論起旅行。但我們又害怕旅行，因為出了這個城市，沒有屬於我們的風景，一切都是新的。

所以我們進電影院，在電影院裡觀看城市之外的世界。我們在各種國家的風景裡感到又近又遠的安全。如同偶爾我們走進一家鬧區的藝術電影院，分開尋找座位，然後在電影結束時一同等待無人觀看的片尾名單緩緩捲起。我們也去美術館，看所有抽象的概念在各種物體上收起它們的翅膀，為我們偶然停頓，然後走出透亮而巨大的玻璃門，看幾隻鴿子與麻雀在銅製雕像上棲息，而白頭翁的聲響則隱沒在麵包樹與摩托車的排氣聲中。我們在城市裡到處遊走，但越走越慢。彷彿我們只要走得夠慢，就不需要離開。

最後我們只好反覆在同一家飲料店買飲料，反覆消耗時間。那是一家真實的飲料店，有著親切的姊妹以及裝滿水果的玻璃展示櫃。姊妹強調這裡的茶葉都是親戚種的高級包種，我聽了只是傻傻地笑。我只喝紅茶微糖去冰，H則只點日式煎茶。他說他希望以後喝到日式煎茶就想到我，只想到我。

「只想到妳。」

我從車站要離開的時候，H來送我，那時他早已搬到外地工作。上車前，我們先在車站二樓吃了咖哩飯與紅酒牛肉蛋包飯，每份餐點都附了一杯白開水，但其實食物沒什麼味道，我們完全不知何時該喝水。這裡賣的咖哩宣稱來自各國，風味各異，但當我看著白瓷盤上的日式咖哩，總覺得它和隔壁小姐錫碗中的印度咖哩沒什麼不同，尤其它們都制式地附了兩粒番茄以及水煮花椰菜，我忍不住問H，印度到底產不產花椰菜？H沒有說話，笑了笑，意味不明地搖了搖頭。

我們總之分開了，我們散落這個城市之外。我想我們是過度相信青春，沒有勇氣和這個城市一同老去。我和這個城市認識太久，久到沒有勇氣繼續，而H畢竟只是個訪客。然而，我們都在這個城市的縫隙裡建造了風景，那裡有各種野生而堅韌的花，不停生長且死去，死去且重複，如同雨季總是打濕所有堅硬的輪廓，直到它們彼此浸潤，在時間裡長成無聲而透明的族譜。終於我們知道所有風景其實相連，我們只要自然地成為風景，H，也許我們就能自然地相愛。

然而這個城市並不說話，只是兀自將所有風景變老。H，你知道嗎，我在遠方每每揉搓這個想法，放任回憶模糊隱去，一邊感到如此安心。

K. Rogers

該如何說一位計程車司機的故事？

首先上網，搜尋K. Rogers，然後發現原來應該是Kenny Rogers，一九三八年出生的美國鄉村歌手，其中最熱門的是他一九八〇年唱〈Lady〉的影片。影片旁的敘述說，這是萊諾・李奇替他製作的暢銷曲，然而奇怪的是，明明萊諾・李奇的名字印象中常聽到，Kenny Rogers卻完全沒在我腦裡留下印象。

再看，原來Kenny Rogers還活著呢，並不是上個世紀早已逝去的遺跡。

那為什麼呢？為什麼當計程車司機提到他時，要不停顯露出一種抱歉的模樣，彷彿挖出大家早已蓋棺論定的死滅暗影，侵害了眼前正從我倆身旁流逝而過的光亮。當車子沿著羅斯福路直走，沿途經過各色與公寓大樓混雜的小餐廳、電器行、雜糧鋪、補習班……司機只是不停道歉，卻又不停提起他的K. Rogers，對不起呀，這是我們年代的歌，不過通常只有像我這種上了年紀的人、尤其是上班族，聽到才會有共鳴啦。

他不停地說，車上的收音機卻流瀉出最近的電子流行音樂，而他不停抱歉的模樣，又讓我不知道該不該要求他放K. Rogers給我聽。

「他的聲音很沙啞、很有磁性。」他說了這句話好幾次，但始終沒有將歌放給我聽的意思。

我在深夜反覆放了好幾次〈Lady〉，看著穿了全白西裝，留了全白落腮鬍的Kenny Rogers站在台上，那深情款款的模樣與聲音都讓我感到一種老舊又心安的溫暖，和計程車司機描述的感覺完全不同。對他來說，K. Rogers始終是他放棄學業後，白手起家到處蓋工廠賺錢時，陪著他在克萊斯勒跑車內，一路從洛杉磯獨自開到賭城的沙漠旅程。K. Rogers見證了他身為男人的人生高峰，用他記憶中那永遠滄桑如同老鷹獨自翱翔的聲音。

「我那時覺得，男人就該這樣呀。」其實，他說這句話的聲音，遠比他的K. Rogers沙啞。

關於這段旅程，這段故事，我不知道計程車司機跟多少個乘客說過，而敘述的內容是否隨著時間改變、變換了光影，或增刪了任何細節，我也無從得知。唯一確定的是，他選擇了用往日榮光來召喚自己的存在，讓自己坐在鮮黃色計程車中的同時，用著他潤飾多次的語言，一遍一遍地，讓乘客與他都再次看到那位正在沙漠中奔馳，並隨著脈動，和一整個時代共同醉心於K. Rogers的那位男人。

我終於將〈Lady〉的演唱影片暫停，影片裡的男人一手拿著麥克風，另一隻手向聽眾深情地伸出。我突然想到在下車前，我將車資交給司機時，看到他那拗折而僵硬如爪的手指，像是永久地握住了方向盤，再也不知該如何放開。也許就是那雙手吧，那被定格的時間，本身就說完了一位計程車司機的故事。

老家

台北的家老了，真的成了老家。

原本家裡的出入口裝的都是木門，很輕，把手是圓形的金屬，握上去總是冰涼，門板的配色很老氣，白色與膚橘色，還貼了許多早已倒閉的芳鄰連鎖餐廳的招牌貼紙，大頭黃鳥頂著一頭桃色的羽毛。門板表層的角落因為老舊與濕氣微微翹起，緩慢露出其下的木頭紋理，然而這一切從來不曾讓我感到時光流逝，只是自然地隨時間接受它們的樣貌。

不過家裡最近換門了，漂亮且接近塑料的合板，號稱無毒的安全原料，表面精巧地擬仿了木頭紋路。門把是長條的，霧銀色，很好按，輕輕一壓就滑開了，偶爾不小心關門關得用力，發出的聲音也節制有禮，不像舊門劈里啪啦充滿找人吵架的氣勢，反而帶著一點聲音在空心門板內迴盪的悶哼。

這麼一群有禮的新人進駐之後，家裡的一切反而顯得老舊起來。牆是泛了一點黃的米色，上面或多或少沾著一點灰；門框上的漆也顯出了裂紋，即使下面掛了新的門簾也掩蓋不了；地毯老化了，腳踩上去會在底部黏滿細碎的紅色纖維。廁所的馬賽克地板也早已變色，配色恍恍也褪過至少三階段，瓷磚牆面為了新門加裝了金屬的磁石門擋，不再雪白的表面因此沿著門擋外緣出現幾條環狀的黑色裂紋，接近地面，纖細的，比時間還不易察覺。

在這一切老舊當中，只有一道道新門滑順而輕柔地搖晃開合，逐漸衰老的人們繼續在其間日日穿梭。

又或許，這老舊的感知跟換了新門也沒什麼關係，離開家這麼多年，對於這裡發生的一切都有了不在場證明，於是我終於在身上豢養出自己的時間，與曾經試圖將我淹沒的這個家平行生長，因為如此，我終於可以對這裡的老舊冷眼旁觀，注視著它與我無關地往暗裡傾斜，然後閉上眼睛，留給自己多一點慈悲。

花蓮

小城市

我對城市的認識是從小城市開始。我對台北的認識是從花蓮開始。

或許我可以給小城市一個定義：除了速食餐廳外，當奢侈類的連鎖企業在一個城市只剩一家或以下，那就是個小城市。比如花蓮市：一間畫了女神的咖啡店、一間三個字母的衣飾店、一間畫了獅子的KTV、一間大型百貨公司。這當然是我個人的小定義，然而在台北住久了，首先讓我意識到差異的便是在此，可見那確實是我感受城市的方式。

於是許多時候，所謂的消費沒有太多選擇，這一切反而讓我異常心安。難得從校區騎摩托車到市中心時，路徑都是明確的，畢竟最熱鬧的區域也只有兩三處。如果想去其他地方，那便是特地去了：常去的海灘有兩處、常去的夜市有兩處、常去的二手書鋪有三間、常去的咖啡店就兩家。它們如此稀少又相隔甚遠，你不可能一天跑太多地方。就這樣在花蓮住了幾年後，我才逐漸意識到台北這個城市的龐雜，並明白這些龐雜並不代表所有真實的形貌。

想想我大概是反應有點慢，適應生活中不同節奏的能力也不強。每當我從花蓮沿海繞過台灣北端回到台北，從熱切的草木回到熱切的建築之中，儘管有辦法在一踏入台北車站時反射性加快腳步、熟稔地在人群中穿梭、並禮貌地保有防衛的表情，我還是偶爾會有被整個環境拋出的時候。比如有一次，我坐在台北車站的小速食店中，看著天花板上掛著各色的圓形燈飾與亮片，突然發現四周亮得嚇人，也才發現自己的視角與行為像個觀光客。我對所有店面的亮度感受性已經在花蓮給調暗了。那只是感度的問題，我心裡明白，但還是無法克制地在那一刻感到炫目。就連眼前的所有人群身上都包覆了一層薄薄的光，並以此不停把我溫柔隔開。

人被隔開了、過去被隔開了、所有暗處也被隔開了。我乾淨地回台北，又乾淨地回花蓮，全都是回去，彷彿同時擁有了實質的家鄉和理想的家鄉，而過往的成長則被儲存在一個想像的時空。只要我還來回穿梭，那些過去就會一直留在那裡，彷彿可以真正與我無關。

然而小城市也有小城市簡單的殘忍。那些空曠的、乾淨的、無休無止甚至無法聚集任何氣味的空間擁抱你，但往往也只有你。於是你慢慢聞出自己內裡存有腐敗的部分，不是無法挽救的腐敗，但也不容忽視。你會因此想要逃避，並開始想像過度的自由，你會想像海是近旁的救贖，而在看到遠方河床掀起一陣沙塵時，你甚至以為自己能參與那鋪天蓋地的風。

你會暫時且自欺地以為所有雞都是野放的，以為所有牛都住在你的居所近旁。你會常常去鯉魚潭，買一份美味到讓人想流淚的花生冰，或者去舊鐵道區的平價衣飾店，然後在其中確立自己彷彿要延續一輩子的穿衣風格。你會開始相信自己一直都在這個小城市出生長大，所以才知道這裡半夜才出沒的日式料理攤，也知道在居民口中各有支持者的兩大中醫診所。你甚至目睹了市區小店幾年來的更迭，比如某店面不停變換經營者，某家老店或某個夜市永遠擠滿了觀光客（但幾乎沒有本地人願意去）。你甚至在看到夏日旅遊季的煙火時感到隔閡，或者在見到騎著腳踏車於市區悠遊的觀光客時惱怒起來，因為你想確立自己和他們不同：他們是外來者，而你不是。

多麼膩人又狡猾的小城市。

然而小城市是這樣的：你終究得將它留在身後。不過從此之後，無論身在何處，你會突然發現外界的龐雜再也無法影響你。因為你已經知道了，你已經知道如何在心裡構築屬於自己的小城市。

眼色

（意識旅行）

【祭壇】

那一陣子，我學愛蜜莉壓花。

愛蜜莉有一個花園，那花園在她一輩子生活的安全領域內。她與其中的各式花朵及植物朝夕相處，彼此浸潤。她栽培活著的它們、壓平死去的它們，用眼睛撫觸它們的生態與學名，再用詩文乾製它們小小的靈魂。

我居住的島嶼比愛蜜莉居住的麻薩諸塞州略大，卻從來不曾在其中擁有一個如同愛蜜莉養育的花園。我生長在一個由山環繞的盆地城市，蒸騰的暑氣與冷長的雨季拉拔我的身形，卻也隨著擁擠的房屋車輛每每阻擋我與花草植物的交會。我與這些生命最積極的互動，大概就是偶爾被叫去屋頂，親手拔下簡陋藤架上由父親栽植的小小黃瓜。看著它們被洗淨、切片，然後感受它們清甜的身軀在我的唇齒間逐漸碎裂，而母親總會反覆強調，這可是所謂的有機黃瓜。

直到我來花蓮讀書，植物才逐漸在我的生活中現出形狀，但我採取的是交朋友姿態，仍無法如同愛蜜莉與花草植物生死交關。我總想像著那之於愛蜜莉是一種無情，或是情熱過盛後的反撲：她種植這些無法抵抗的植物、細心養護、看著它們世代交替、死亡、被做成顏色暗黃的壓花。或者，一枝枝給暴虐地剪下，送給她無法全然掌控的美好對象。

Perhaps the
dear, grieved
Heart would
opon to a
flower, which
blesses unre-
quested, and
serves without
a Sound.

於是那一陣子，我想像著愛蜜莉獻花給失去愛子的嫂嫂這件事。她也許在花園裡穿著一身白衣快步逡巡，熱切地選定了一株花。那也許是大紅而招搖的罌粟，又也許是小巧而細弱的酢漿草紫花。她把那株曾經細心照料過的花朵用剪刀從莖的中央剪下，用生命獻祭生命、以情愛灌養情愛。我深信她是愛著嫂嫂的，無論她自己與其他人如何詮釋這份愛都無妨，那樣的獻祭，無論如何都是熱切的（無法向誰敞開的悲傷，就向花朵敞開吧，如同我們所有的生命，都在詩歌的隱喻中全然綻放）。

光是想像不夠，我於是騎著摩托車駛上台十一線丙，在熾烈的豔陽下尋找我的獻祭。我摘了桃色的波斯菊、粉色的羊蹄甲、苦楝飽滿的葉子，還有淡紫色的藿香薊。回家後，我把它們整齊排在報紙上，如同愛蜜莉詩作中常常出現的美麗屍體，身軀潔淨，而葉脈與花蕊就像披落著長髮，散發愛蜜莉好鍾愛的哥德式陰黑氣味。我把報紙摺起，壓上一本本寫滿英文的厚重教科書。愛蜜莉呀，這可是妳的語言，請替我守護我小小的祭壇。

我一直沒有找到完美對象，好把壓花夾於信箋祕語訴說。於是我把書越堆越高，越疊越陡，直到祭壇成為真正幽深的墓塚。

愛蜜莉的姪女瑪莎去看她，她把姪女迎進房間，轉身用想像的鑰匙假裝把門鎖上。然後回頭對瑪莎說：「這裡就是自由。」

【房間】

我住過五個房間，最久的一個住了二十一年，最短的則只有三個月。它們共同的特徵是白色油漆牆面，其餘無論是地板材質或燈具形式無一相同。我偏好木質地板，但住過的房間總是各式塑膠貼皮；燈具方面喜歡色調軟黃的圓潤燈泡，但實際上總遇到長度各異的刹白燈管。然而只要居住久了，等生活氣味滲透到每件家具中，看起來也就什麼都對了。當初的偏好反而成為模糊的概念，只在每次搬家時執拗地清晰起來。

愛蜜莉說：「家不是心之所在，而是存於房舍與周遭的建築中。」我說，她的拘禁是一種想像，卻也是最後的真實。（心要是沒放在堅實的環境裡，何以維繫？）

每到一個新的房間，我都會努力施展時間的魔術，傾盡全力要將它充實得像是居住已久的熟悉空間。我重視書桌，會在上面擺放零碎的文具用品與擺飾，堆疊的書本與保養用品也要亂得彷彿有那麼點生活氣息。但我總是忽略窗戶，希望它只是密實地緊閉或給窗簾遮掩。我在裡面一心一意地營造生活，奮力使它成為與外界完全不同的場域。我要是在這個世界需要表演，房間就是我完全卸盡裝扮之所在。我不在乎從窗戶透進來的氣流、新鮮的空氣，也不在乎夜間的月色及透早日出的粉橘柔光。我要的是幽暗的洞穴，與所有美好的外在平行生長。

我在花蓮的房間便是如此，鵝黃綴著蕾絲內襯的窗簾遮蔽整片玻璃。我願意偶爾躺在床上聆聽深夜時外邊草地傳來的蟋蟀與青蛙鳴叫，也願意在剛醒來時瞇著眼睛觀看窗簾被風吹起時透出的微亮晨色。但那方窗櫺畢竟只是為我留下了觀看與感受的選擇，大部分時間，我還是在房間角落背對那個選擇。

愛蜜莉沒有太多的內外區分，她的房間就是房間，幾乎也代表了整個世界。如果實體的外界必須靠著各種面具才能生存，她一直保留在這個房間的身體與心靈，的確才是最自由而完整的。

我想像愛蜜莉在房間中，每天定定地注視著門與窗戶，甚至親密依傍著它們，卻使它們成為擺飾而非實際的出口。她也許歪著頭，透過門扉聆聽樓下訪客的談笑聲，或是女僕在廚房內使用刀子或擺放銀色小湯匙的碰撞；也許帶著微笑，從窗口眺望樓下笑鬧的孩童，甚至為他們用繩子垂下放滿馨香麵包的提籃。她的悠閒是一種驕傲的絕對，她用海洋把自己完全圍繞。

約瑟夫・康乃爾（Joseph Cornell）是一位裝置藝術家，他有一系列「盒子」作品，其中就有一個為愛蜜莉做的有名盒子：Toward the Blue Peninsula。那是在一個比單片氣窗略小的盒子中畫出一個比巴掌略小的窗戶，裡面塗滿海一般的水藍色，而盒子的其他部分則是油漆白的船艙：簡約、乾淨，有著小三角桌與一兩條似乎是通向外邊的管線埋設於邊緣。窗子的外框如同盒子外框使用了類似畫框的木條，而窗面覆蓋著只於窗口處剪開一小塊方形的白鐵絲網。整片白鐵絲網在船艙中又區隔出一個更小的蒼白區域，它完完全全包覆住窗戶，對於所有的眼光是如此穿透又如此隔絕。（愛蜜莉，剪開窗口前的一小區鐵絲網，會不會是妳對於這個世界最大的愛慕與執念？）

It might be easier
To fail – with Land in Sight –
Than gain – my Blue Peninsula –
To perish – of Delight –

海是藍色的，天是藍色的，而愛蜜莉有一個不曾真正落腳的島是藍色的。

有天我正要去七星潭看海，出門前難得打開了房間的窗簾，用兩邊的繫帶整齊固定。正午的陽光正烈，從雲端透過紗窗，照到整片白色的貼皮地板上，我避了避，卻又覺得傻氣，明明等會兒會在海邊曬得更徹底，但我似乎仍執拗地認為陽光屬於海邊，而對於房間，窗戶不過是自己曾見過陽光的證明。

【畫框】

我看畫，我喜歡花朵的畫，或是氛圍奇特微妙的畫。彷彿只要緊盯那畫作的表面，世界的一切都將從這方畫框中無限延伸出去。

愛蜜莉的哥哥與嫂嫂喜歡蒐集畫，其中有實體的畫也有印刷畫冊。愛蜜莉想必也看畫。她的詩作裡也提到好些畫家，比如堤香、凡戴克、吉多。其中許多是巴洛克畫家。我想像這些光影運用嫻熟、人物鮮明，甚至敘事張力十足的畫作如何被愛蜜莉的手指輕撫，並被她熱切而飢渴的眼神一吋吋於畫框中舔舐之後輕柔吞下，最後於舌尖筆尖綻出詩的語言。

愛蜜莉喜歡畫，喜歡花，我則喜歡描繪花朵的畫。

喬治亞·歐姬芙（Georgia O'Keeffe）是一位有名的美國女畫家，她在愛蜜莉過世的一年六個月後出生，我老覺得她帶著一點愛蜜莉的靈魂。她擅長描繪充滿異色情慾的花朵，不管是它們繁繁複複的豔色瓣片、或是它們硬挺而鮮麗的蕊。她也畫風景，畫那些經由她眼色沾染過的神祕景觀。比如從帳篷的三角門中，看出去有著如同愛蜜莉藍色半島一般的藍色山脈。幽暗而美麗地散發預言性的召喚（或是黑色大廈中的天際線，是如何於闇藍細小的擁擠中延伸捕捉到一點小小的月光）。

我小時候不懂如何看畫，總是花許多時間閱讀別人給畫寫的介紹。於是我會知道一幅畫的作者、年代、彩料、構圖、曾經有過的收藏者、浪跡過的博物館，或者其中隱藏的歷史事件痕跡。但是失去這些資料之後，單單剩下我和畫作的時候，那個畫框對我隔絕出的距離卻比它穿越的時空還長。

巴洛克的畫作是將我視野解放的第一步，喬治亞·歐姬芙是第二步，然後令人驚訝的是第三步：愛蜜莉，這是一套令人驚訝的舞步。

這舞步從愛蜜莉之前，擺盪到愛蜜莉之後，最後還是回到美麗柔軟的愛蜜莉。她在詩中擷取了畫的靈魂，譜寫人性與地景的腳本。她感受畫面上顏色與圖像的質地與力量，卻也不錯過每一個地景上充滿詩意的景觀。她有著遍布於全身上下的感受觸角，用顏色歌唱、用文字作畫。她令我逼視這世界所有景觀之最幽深：

When it comes, the Landscape listens–
Shadows – hold their breath –
When it goes, 'tis like the Distance
On the look of Death–

某次我看到喬治亞・歐姬芙的一幅畫，裡面畫的是碧綠山谷中的一道瀑布。正中央的水流如同一道硬白色的蕊柱，旁邊瀰漫蒸騰的霧氣則像花瓣一樣鋪排開來。如果只看這白色的水與水氣，可以同時看到瀑布或者如同海芋一般的包覆花形。要是連旁邊的山脈一起觀看，就會發現整幅畫是風景，也是一朵配色詭譎的鳶尾花。這樣繁複多變的造型與景深正如同愛蜜莉的詩，同時是慾、是花、是景，也是一切。

I tend my flowers for thee –
Bright Absentee!
My Fuchsia's Coral Seams
Rip – while the Sower –dreams –

於是這次，我把整幅畫倒過來看，在山嵐水氣中，彷彿看到愛蜜莉喜歡的紫紅色吊鐘花對我搖晃著柔細的裙襬，眼光再放遠，我則看到愛蜜莉的眼色，從畫框之內向外流出，終於沾染了我眼前所有景致。

【舞台】

死亡是最後的戲碼，它從不落幕。

愛蜜莉似乎從來不是一個健康的人，大家總是猜測她得過怎樣的病、如何得到、有沒有好。她的精神狀況長期惹人非議，眼疾似乎也影響了她的心智穩定及看待世界的方法。她的獨居更是給人許多話題，其中隱晦而幽微的情愛世界也總讓人忍不住窺探，忍不住猜測，筆鋒耳語之間藏有著更多細瑣的八卦。

但我想，她其實再健康不過了。

我曾經看過一齣戲，戲裡從頭到尾只有一個女人。她無休無止地講電話、喃喃自語、一下與人討論公事、一下抱怨情人。最後有一個死去的人打電話給她，她從歇斯底里地抗拒到逐漸接受，終於一切都不再奇特。她開始和房間裡所有的幽靈對話，和過去對話，她終於用最真實的自己面對所有飄渺。她越來越安靜，最後剩下一雙發亮的眼睛。

許多女人身上都養著一個愛蜜莉。

那個戲裡的女人也是，她隱喻了愛蜜莉的瘋狂，卻也表現了瘋狂的真實。死亡用最詭譎的方式接近她、滲透她，終於她完全地接受，卻成為現世所有人眼中的虛假。她用死亡記憶、用死亡回味，她必須了解死亡的全貌，才能夠赤裸而真正地活著。

Their ribbons just beyond the eye,
They struggle some for breath,
And yet the crowd applauds below;
They would not encore death.

愛蜜莉始終與常人不同，愛蜜莉只為自己表演。她拒絕別人的觀看，因為她太明白觀看是怎麼一回事。她可以允許自己是任何樣貌，但只要在別人眼睛裡就會出現理解的歧異，所有的詮釋會被不同人們揑塑成不同形狀儲存於腦中。她不要這樣，她有著完美而熱切的驕傲。她要自己選擇朋友、自己選擇世界、自己選擇自己。對於生存與死亡她都已經看過太多，除了如此豐盈的自己，她實在沒辦法接受更多了。

我想到我在這個小小的島長年遷徙逃亡，總是試圖離開一些窒人而執拗的牽絆與傷害。和愛蜜莉比起來，我簡直是流亡海外的無根浮萍，幾乎毫無意義地，反覆將心靈在不同環境與房間的物質中重新安頓。我不停地被外在重組、變形，努力學習一種幾乎普世可通的睿智形貌。

然而不過是來花蓮展開新生活的前幾天，我就因為迷路、下雨，而在新房間附近的街上淋了一身濕透。那時我不過是為了沒有飲水機的房間，特地在網路上和陌生人買了一個二手的電茶壺。我曾在別的地方滴滴答答的趕路時鐘在這裡全不管用，因為我不知道哪裡可以最快買到雨衣、走哪條小路最快，更不確切知道我所需要趕的路程長短。我只有一頭濕漉的頭髮，口袋揣著剛好的錢，想著前一天晚上看到氣象預報說著「降雨機率三十％」對我其實毫無意義。

The Gilded Creature strains – and spins –
Trips frantic in a Tree –
Tears open her imperial Veins—
And tumbles in the Sea—

愛蜜莉看盡了身邊親愛人們的死亡，看盡了各種侷促的生存狀態。她不需要更多的挫敗使她明瞭世事，她甚至不需要更多的美麗。

於是因為她，我學會忘記時間，忘記空間，只專心面對手中厚重的愛蜜莉詩集。長長短短的一千七百八十九首詩，總是令人想到一七八九年的法國大革命。然而相對自由、平等、博愛那般激昂嘶吼的年代，愛蜜莉卻只是隔著一座海、望向一座島，把自己框成一幅完美的隱喻。

我於是也從總是眺望的海邊回來，烘乾身上的濕氣，在愛蜜莉珠光閃亮的文字海潮中，第一次誠摯地練習自給自足的眼色。

植物

種了半年以上的玫瑰，因為時序進入秋冬，已經好久沒看到花苞。每次澆水看到激增的枯葉，也只好摘了丟進花盆，希望它們可以乖巧地爛成肥料。

原本種在一起的薄荷、迷迭香、馬鞭草與甜菊則在上個月終於分家。薄荷的根早已蔓延整個長方花盆，於是讓它留下，這兩個禮拜終於看它不負期望地到處冒芽。迷迭香外表很乾，而且根系似乎還沒抓緊新土，搖搖晃晃令人有些擔心，不過一直以來它都一副粗勇的樣子，所以應該沒什麼問題。馬鞭草倒是用枝幹上到處冒出的小芽證明它在新盆中適應良好，不過頂端原本細瘦的莖葉卻因此更加營養不良，我花了一番決心才把它們統統修剪下來，風乾，等著泡茶。

甜菊狀況比較差，移株時就只剩一截枝幹與一簇細瘦的莖，本來種到小盆中盼望它重新長大，結果狀況不好也就罷了，寄住的小貓竟然還趁我不在家時將它連根拔起，盡情摧殘。最後也只好乖乖扔進垃圾桶，結束半年多的緣分。真可惜，以前泡茶最鮮甜的就是它呀。

雖然不幸少了甜菊，但盆栽仍從兩盆增加成四盆，於是風大時要將植物搬進室內的工程變得更加浩大。再加上寄住的小貓完全不可能在我的教育下對植物產生愛惜之心，所以盆栽不只要放進室內，每次還得一路搬到離陽台最遠的廁所，關門，以防甜菊悲劇上演。前陣子連續幾天風沙亂飛，剛開始我還強撐著不想搬，覺得好累，結果半夜還是焦慮地睡不著，一盆一盆認命運進廁所。後來怕它們長期無光會委頓下來，大白天還聊勝於無地亮著廁所的燈，想像自己是個細心的照顧者，知道讓它們與外界同步。然後在反覆的焦慮中認清自己：絕對沒有做園丁的心理素質與天分。

不過比起去年一月的自己，那個信誓旦旦說著無法忍受任何生命在眼前消逝，所以絕對不養植物的自己，現在這樣已經是奇蹟似的躍進。似乎只要決心接受死亡這件事，我就擁有了照顧生命的能力。如同只要學會跟身上大大小小的病痛相處，我就不再有生命太過遼闊的驚慌。

果然驚慌是太過年輕才有的熱病，這病最輕鬆，卻唯一會痊癒。

因為痊癒，我每天早上都會摸摸盆栽的土，小心判斷今天是否需要澆水。風大的時候我則在陽光與風害之間頻頻猶豫，仔細拿捏把盆栽收進室內的時機。另一方面，因為痊癒，我也不再害怕它們死去。我只將它們當成完整我生活的媒介，讓每一次的小心對待成為行為本身，而不再期待生命延續。

但也因為痊癒，我偶爾懷念那個可以輕易把植物養死的自己，那些在我身上反覆的躁動與懊惱，以及對生命做作的無措與實際的揮霍。然而現在我長得好些了，如同我養這些植物是為了看它們活著，同時也為了看它們死。至少每次把它們剪下泡茶或做菜的同時，我確信我是為了它們的生與死同時感到喜悅，一種極為庸俗的喜悅。

於是明天又要做迷迭香雞腿。

密語：淚水的井

"Water, water, every where."

她讀完達洛威夫人，就遇上了水災。

水從達洛威夫人的書頁裡漫出來，連同裡面每一次秒針跳動的滴答。滴答。她想，中文把秒針跳動用滴答兩字具象化果然是有原因的。滴答。水落下的聲音也是滴答。不是一次把人淹沒的那種水患，而是一滴一滴，從所有事件的縫隙裡慢慢滲出而聚集的濕氣，在落下而碰觸到某個堅實表面時嗡鳴出聲響。起先那聲響是幽微，然後是痛苦，接著是憤怒。滴答。時間是重複的聲音，變奏也只是依戀的覆沓。水漫出來了，沾濕她的指尖以及袖口。她穿了一件米白色的長袖棉衫，但沾濕的部分看起來是灰的。有一點髒。

她試著想像達洛威夫人的感覺，當大笨鐘每一次在準點敲響，達洛威夫人是否感覺自己又再一次被浪花淹沒，無法抵擋。浪花小小的，因為衝擊產生的碎沫看來近乎潔白。那樣的窒息帶一點美麗，她也許享受著這種不願意。

她寫下一個過於簡化的結論：「達洛威夫人放棄了狂野的可能，選擇了一個得以不停舉辦宴會的安穩生活。」太簡單了。在她後悔的時候，時間又滴答滴答落了一地。

她想到達洛威夫人在書剛翻開的前幾頁出門買花，看見花店的女店主雙手豔紅，像是長期和那些花朵一起泡在冰冷的水裡。如同那些截掉根的花朵，旺盛，美麗，但畢竟是漂浮而短暫的美好。然而那些飛燕草、香豌豆、丁香花、玫瑰、康乃馨以及鳶尾，它們張揚的存在即使短暫，似乎都比她寫的那個結論複雜。存在。存在的本身就太過複雜，包含了每一個微小的歧異。就像飛燕草大部分是紫色，但也有淺一點的紫、帶著墨水藍的紫、暈出寶藍色的紫、幾乎褪成天空藍的紫，或者就是清淺的粉或白。直立的穗狀花序通常沒有顏色的漸層，就是一大串同色的爆破。不像清瘦的香豌豆有著長梗，幾朵花總是小蝴蝶般聚在頂上，瓣面常常帶有清甜粉白的漸層，夢一樣。

而相對於野地凝結的清晨露珠，那些從花店水桶沾上的水滴，在紛紛墜地之前，究竟會由瓣緣折射出如何不同的世界？

＊＊＊

其實在買花的路上、在舉辦晚宴的當天早晨，達洛威夫人就知道大家都在水裡。

"This late age of the world's experience had bred in them all, all men and women, a well of tears. Tears and sorrows; courage and endurance; a perfectly upright and stoical bearing."

不只是每個人被水般的時間包圍，心裡也是。人人都擁有一片靜默，包藏一口不停湧出淚水的井。那是第一次世界大戰剛剛結束之際，許多人死去，而活著的人失去。他們拚命在陽光下生活，但也同時悄悄地潮濕。對於這樣的困境他們無從選擇，他們只能選擇一種承受的姿態，正如同達洛威夫人選擇了她人生的姿態，從未背棄。因為說背棄，好像我們還有選擇一樣。

和達洛威夫人眼裡的水不同，英國詩人柯立芝（Samuel Taylor Coleridge）所描寫的水非常殘酷。他其中一首長詩〈The Rime of the Ancient Mariner〉所產生的名句就是：

"Water, water, everywhere, / Nor any drop to drink."

在這裡的水是懲罰，是一艘船迷航之後所有船員必須面臨的痛苦。其實這艘船迷航的原因不明，即便他們怪罪身為主角的水手射殺了象徵好運的烏鴉，但那痛苦的來源始終曖昧，他們幾乎是無理地被強迫面對巨大的困境。他們試圖振作、試圖停止歸因與責怪，但他們所經歷的渴是如此真實，在不斷的迷航當中那程度只是越見增加。他們身體的水分瘋狂地流出蒸散，但他們身邊廣大的海水卻只是乾渴的最大體現。完整，自足，充分而絕美的拒絕。

達洛威夫人最驚人的部分在於她的接受，她允許所有沖刷過她的一切。

但允許是主動的，如同彼得描述的靈魂，她年輕時愛過的彼得。靈魂像是深海的住民呀，他說，靈魂總在如樹般延展的海草叢中游移，獨自穿梭於冰冷、幽暗、而未可知的大片海域。但即使這意象看來多麼地淒美而孤獨，他還是提到那靈魂想要換氣的畫面，那股想要衝破海面波紋而向外張望的慾望。慾望，他甚至描述那是一股靈魂想要燃燒自身的慾望。她接受海，她允許海，但她知道她所能擁有的姿態，也仍在心裡揣想那允許一切可能發生的慾望。

「她是美人魚。」

＊＊＊

「她是美人魚。」

她刪掉那句過度簡單的結論，重新寫下這句話。這句話沒有總結的效果，甚至只能說是書中某段敘述的破片，但她確實覺得好多了。水流從書頁裡漫出的速度慢了，她感覺時間變得輕微。她茶色的裙角染成深重的褐，但她的袖口乾了，在那些所有曾經落腳的地方只有細細的水漬。這麼模糊呀，她想。這麼模糊的邊界怎麼裝載所有過去的細節？

最後在宴會裡的達洛威夫人美極了。在她似乎曾經瘋狂愛過的彼得之前，在她似乎極為抗拒又熱愛的安穩生活裡，她是美人魚。

在彼得的眼裡他是這樣看的：克蕾莉莎，而非之後的達洛威夫人，從高高的階梯上與英國首相幾乎凌人地步入宴會。他看到她莊重的灰髮，耳環，與銀綠色的禮服。她在波浪中輕晃，她的髮絲編成漂亮的辮子。他說她仍保有那天賦，也就是「存在」。她存在並總結所有她經過的片刻。他看到她的圍巾勾住另一位女性的禮服，她卻只是輕巧地解開，前進，前進。或許所謂的理想與堅持不過是抗拒前進的偽裝。或許。

她想像達洛威夫人的堅定眼神，或者說，在成為達洛威夫人之前，克蕾莉莎在所有過去情人與好友眼裡的熱切眼神，她發現其實那都是一樣的。她看著書中的彼得觀看達洛威夫人、觀看克蕾莉莎，她突然很想長出銀綠色的鱗片。但這是多麼傻氣的想法呀。連書頁中都不再滲出水了，她的衣物只留下各種交錯的水漬，圍住一片片等待填滿的空隙。

她開始在腦中擬稿，想要寫信給所有愛過她或者放棄她的人們，或者，被她愛過並且放棄的一切過去。她想得很勤奮，很精細。她有太多情緒而語言總是如此不足。她想了又想，又想，她發現她其實沒有想出什麼。她還不夠老，而沒有旅程的人們是無能編造記憶的。在我們有能力編造之前，它們只是存在。

她讀完達洛威夫人，就遇上了水災。她終於知道如何將自己滅頂。

或者不流淚，只成為淚水幽深的井。

密語：愛人的眼睛總是乾淨

她透過水杯看到愛人的眼睛，她停頓，仰頭又喝了一口水。光於是照進愛人的眼睛又反射，穿過玻璃，進入她的水晶體、視神經，最後是大腦。愛人沒有看她，但她確實看到了愛人的眼睛。淺棕與白，在透明玻璃的反面熠熠發光。

愛人的眼睛總是乾淨，那是開始的意義。

那是開始的意義，關於她反覆逡巡於自我與愛人之間，那條長長的道路，每次都必須有不同的腳步落在不同的段落，而每一聲呼喚都漸弱在不同的節拍、音階，或是陽光掉落所有溫度之前；那是開始的意義，關於愛人反覆撥開她的頭髮，她就笑，想像雨滴不會每次在她的外套留下一樣的印漬，不會漫開，蒸散後也不會留下細細的水痕。

愛人的眼睛總是乾淨，那是開始的意義。

於是她練習笑，如同蛋殼練習裂開。她從不在愛人面前敲碎自己，她只是裂開。她感覺自己保有一種類似核心的情感，偎在卵黃與繫帶的邊緣，柔白但畏光。那是愛人不該直視的祕密，但只要透光得宜，愛人就能窺見那反射出來的隱喻。那隱喻如同每一輪季節的遞嬗，在每一個春天得到生命的妥切。於是她懂得孵育自己，不停練習那道完美的裂痕，直到透露成為一種真正的反覆，直到反覆就是開始。

愛人的眼睛總是乾淨，那是開始的意義。

如同她總是渴，她不停喝水。為了每次看到愛人的眼睛，她每次刪修自己摔碎杯子的慾望。刪修本身是輕便的，常常她需要的只是對未知的絕望；但刪修也是勞瘁的，因為那不過是每一次裂開的前奏，是光成為影之前停頓的徒勞。

愛人的眼睛呀，只能乾淨。因為那是開始的意義。

出賣路

（你甚至沒有足以販賣的憂傷）

出賣路沒什麼人，但有許多即將出賣的等待。

出賣路在花蓮縣壽豐鄉，長長一條水泥道路，上頭走的都是砂石車與附近人家緩慢騎動的機車與腳踏車，偶爾會有孩子在路邊的池塘釣魚打水漂。要是你在地圖上找它，可以看到它被標記成「台十一內」。它從台十一線分岔出去又接到台九線，沒有重要到必須用另一個編碼標記，但又的確與其他路線不同。它不是改名為台十一線台東路段的台十一甲，也不是在花蓮光復鄉的台十一乙。它是台十一丙，沿路還有許多遊客常常落腳歇息的橘綠色系便利商店等在各個路口。不過這樣的便利商店實在太多，從來也稱不上什麼特色。

出賣路上，他們都在等待　個更好的價錢。

＊＊＊

【搖擺】

出賣路上唯一較大的橋是茇溪橋，由北向南經過時，可以看到左邊沿溪另外引水圈養著無數雪白的鴨子。夏天燥熱的太陽照下去時，一整片便閃著刺眼的亮白，間或雜著鴨嘴橘黃色的小小斑點，有時還會隨風蒸出鴨糞帶有尿氨的潮味。

我因為從小在城市長大，對鴨子的第一印象不出意料地從鴨肉開始，而且還是在寫「健康與教育」的考卷時，我面對眾多「有營養的食物」的選項卻獨獨對「鴨肉」那個方框猶豫不決，終於掀起了對鴨肉的漫天疑惑。要打勾？不要打勾？鴨肉究竟有沒有營養呢？終於我還是放棄了那個方框，判斷的準則只是因為母親從來不買鴨肉。這個小小的趣聞自此在家族中廣為流傳，隨著我的年齡增長更添趣味，卻也因為和親戚的情分變薄，益顯一種姿態尷尬的親暱。此後只要我吃鴨肉，心底就會升起一股莫名的羞愧，像是在反覆坦承自己年幼無知的錯誤。

和鴨子一般雪白的還有鷺鷥，牠們大部分與牛隻相伴蜷伏於出賣路旁，只偶爾飛越路面追尋其他的牛隻友伴或清涼水域。然而出賣路畢竟沒什麼人，車流也稀少，於是偶爾騎車經過時，你常能遠遠看見鷺鷥停在水泥路中央，直到車子非常接近，牠才搧開翅膀悠哉起飛，襯著灰黑的沙塵顯現一抹異常柔白的優雅。

鷺鷥不管在哪裡看見都優雅非常，我常懷疑那是因為牠們不具經濟價值，於是沒什麼人在後面追著跑，當然也不會嘗試豢養。牠們不像鴨子可食，也沒有鴿子的競賽能力。大家早就將牠們以一種田園式的優雅符碼儲存在腦中：翠綠稻田與褐黑牛隻左近的雪白鷺鷥。人們總在鄉村想像與文學詩歌中消費牠、頌讚牠，甚至將牠展翅飛行的瞬間裱框，於是牠在經濟上的無價值便能被原諒。

鷺鷥是流動的風景，不善於等待，牠的飛翔是絕對的選擇與自由，落腳也是。那些鴨子則是被指定了一生的等待，包括了一生的長度。

我長大後當然就吃過鴨肉了，也不再深信鴨肉是沒營養的食物。然而雞肉鴨肉擺在一起時，我還是無法克制地選擇雞肉，大概覺得上面有著比較多關於家庭的鄉愁。在家裡唯一常吃的鴨肉就是麵皮捲切片烤鴨，烤了一點點焦香味的薄麵皮擺上蘸了甜麵醬的辛香蔥段，再疊上一到兩片帶著焦糖色外皮的烤鴨肉，捲起，將兩邊向內摺成一個接近方形的小包，分一至兩口送進嘴裡。買烤鴨來我們家的往往是外婆，她堅持將住家附近的烤鴨與我們分享，每次每次買來、一卷卷處置好、分送給每一個苦笑推拒她的晚輩，最後因為他們以莫可奈何的微笑接下感到滿足。她總是笑得極為開懷，細瘦的身子還因為喜悅前前後後輕輕搖晃。

出賣路邊的鴨子偶爾也會搧起翅膀移動身子，重新在鴨群中安置時也不免使身旁同類一齊在水波上輕盪搖擺。牠們在每一雙偶爾經過的眼睛中等待，等待一個買賣的完成，等待自己被宰殺，如果可能的話就成為薄片的鴨肉。等待，一位老婦人因為牠所帶來的喜悅，在女兒家中的餐廳木椅上輕輕搖擺起來。

＊＊＊

【乾燥】

出賣路上面的植物非常齊整，不是因為修剪，而是種類分明。每種植株都有自己方正的領域，齊整到了一種接近荒涼的程度。

我一開始認識出賣路時，以為這不過是條荒僻的道路，花花草草想必都是恣意蔓生，甚至呈現一種野性的美麗。但走過幾次之後才發現，大波斯菊就是大波斯菊、蒲葵就是蒲葵、桑椹也就是桑椹。就連沒有植物的地皮，也就是一整塊的地皮。雜草幾乎只被允許長在路邊規畫好的長條區域，於每一株行道樹的根部邊緣尋求存在的空間。

雜草當中最顯眼的有地毯草與藿香薊，其中地毯草幾乎是隨處可見的草皮植物，總能堅韌地匍匐在土地上，牢牢抓緊每一寸身前的泥土。藿香薊則是一小叢一小叢的細弱植物，頂端一個個小小花托盛著細軟如絨毛的白色或淺紫花瓣，蓬鬆得像是女孩能拿來紮頭髮的絨毛髮飾，但弱不禁風，彷彿一吹就要全數飄散。

那些為了觀光價值或經濟價值存在的植物卻不同，一落落都顯得狂放無比，比如一整片亮粉亮白的波斯菊，在瘦長的青綠莖梗上恣意向著陽光，為花蓮的景觀特色貢獻它們所有姿色，儘管外來的它們讓紋白蝶少了地方覓食與棲身。常常就在近旁的美國蒲葵更是張牙舞爪，濃密挺拔令人敬畏異常。尖刺割人的細葉不使人親近，卻也張揚地等著在某個熱帶風情的庭院中滿足人型造景的園藝需求，偶爾風一吹，彷彿還能撬出加州的海潮與燥陽。

出賣路分支的小路還藏有多汁的桑椹，往往整叢植株甜香逼人，連葉子都抹滿了糖一樣，一摸就感覺黏膩。它們旁邊總是圍滿聞香而來的蜜蜂與各種昆蟲，人反而被這樣的野性逼得不好親近。我有一次遇到兩位採摘桑椹的太太，她們從頭到腳全副武裝，斗笠與各種布料遮蔽了全身肌膚，在烈日之下緩慢而接近儀式地將桑椹採收進巨大的藤籃。我卻只在旁邊被各種昆蟲的搧翅聲弄得煩躁非常，最後只好悻悻然地落敗離開，連一個桑椹的果實都來不及好好細看。

於是我只好和雜草相處，偶爾停在路邊試圖辨認它們的種類與形貌。要是心血來潮，還會帶塑膠袋與剪刀去剪回一些枝葉，回家攤在報紙上仔細修剪、擺好形狀、試圖妥貼地將它們的每一個部分舒展拉平。壓花其實是非常微妙的工作，通常不具明確目的性。人們將一株株生命用各種技巧做成平面圖像，讓每一個成品化作對真實既親近又遙遠的臨摹。然後也許貼在書籤上、也許裝飾卡片，或者就給忘了，長久壓在一疊積了灰塵的厚重書本底下。

那些所謂的雜草因為不明原因被我乾燥，而那些等待出賣的植物則輪番在路邊招搖它們興旺的生命力，壯盛的莖葉映著陽光，也招呼雨水。等待的植物也許不明白自己存活的原因，但它們多汁而飽滿的莖葉的確精準地符合某個正在形成的需求。而我經過它們身邊時，有時只覺得自己渺小而乾燥，缺少一種被未來垂涎的驕傲。

＊＊＊

【挖掘】

如果在出賣路某些適當的路段往東邊轉，經過一些長而筆直的道路，就有可能遇到花蓮溪。

有時我遇到花蓮溪的方式還隔著堤防，但這裡的堤防儘管再隱祕，都為了觀光緣故修飾得精美漂亮。我曾經遇過一道石造的嶄新堤防，上面高聳著一支支簇新的太陽能發電的路燈。太陽能發電靠的是頂端一塊有著黑色格紋的太陽能面板，再上面還有三個極具現代感的金屬環裝飾，在一片荒涼的山水景觀中兀自閃著城市風味的亮光。而堤防靠花蓮溪的那邊則裝設了在許多堤防都常見到的水泥欄杆，仿木頭形貌，並和所有堤防的欄杆一樣漆成令人費解的濃綠色。那次隔著欄杆我看到花蓮溪，是夏天，缺水的時期。於是遙遠的整片河床看在眼裡都是石頭，小小的灰色石頭。

又有一次，我和幾個來花蓮觀光的朋友從另一條路接近花蓮溪，在經過幾條隱微而彎曲的小道之後，終於看到那片河床毫無阻礙地展現在我們面前。我們騎著腳踏車，避開顛簸道路上來來往往的砂石車，在一個雜亂的土石堆旁將車停好。然後手牽手攀過那個大概跟我們等身高的土石堆，小心翼翼踏上那片灰白的河床。河床廣闊得非常不真實，幾個朋友又笑又鬧地邊走邊扔石頭，最後終於走到有少量溪水流過的水邊。他們彎腰開始撿石子打水漂，一個到了水邊就得依慣例執行的活潑儀式，然而事實上並沒有人真正擅長，於是石子只是在大家充滿可惜的驚嘆聲中落入河裡，大家的表情也青春可愛，像是剛剛我們不曾經過那段因為砂石車頻繁來往而顯得顛簸荒涼的道路，也像是遠方沒有採集砂石的巨型吊臂式的運輸機械，以及下面一堆堆如同沙漏中漏下的錐狀沙堆。

我也撿起一顆石頭，磨蹭它橢圓的身軀及兩個顯白的稜角，然後小聲地說，「你很特別」，再用力將它丟進水裡。

我想起我們來的出賣路上有幾家小攤，陰暗的木造小平房或鐵皮屋，門口都用木板塗寫了大大的紅字或黑字：豐田玉。它們是和這些砂石命運不太一樣的石頭。它們也是來自離出賣路不遠的山裡，幾經琢磨之後才露出豐潤的色澤。它們賣的是一種美麗，一種裝飾在富人頸項或指節、形塑成雕刻或墜飾的美麗，但和這些必須被混入水泥與瀝青的砂石一樣的地方是，只有在賣出時，它們的美麗與價值才有意義：它們必須支持花蓮人的生活。

如同所有成長中的人們，或許希望也不希望被挖掘出自己具有價值的美麗。擁有價值是很好的，因為那可以被眾人衡量、觀看、肯定。但總有些時候，或許每個人都和我一樣，只想和那些石子一樣躺在河床上，身體被偶爾漲起的溪水輕輕漫過，再因為退去時的剎那清涼打一個噴嚏。至於夜晚，就望進天空無光的所在，如果有星星，很好，要是沒有，就最好連路燈也熄滅，讓人安靜地享受最深的黑暗。

＊＊＊

【快樂先生】

出賣路上有一位快樂先生，但我從未看過他本人。

我原本會走上出賣路，是為了探訪一群在多數人圖譜上被鑑別為不正常的人們。大家說他們有的是「自閉症」或「肯納症」，說他們情緒表達不清楚，說他們有行為上的重複與固著，還說他們有人際障礙。我因緣際會地認識了他們之中的幾個，參與了他們的生活，還認識了他們父母從都市來此耕耘一種未來的決心與困惑。我試著和他們做朋友，小心翼翼，後來卻又發現太過小心翼翼。

我在那裡認識一個比我小的孩子，他開心的時候會笑，儘管說話一樣不合我們的邏輯。生氣或焦躁時他會跑到出賣路上沿著路邊快步走路，不發一語，但過馬路時會注意兩邊來車，換路線時也會偷偷斜瞄那謹慎跟在身後的我，儘管那眼神似乎全無感情。他喜歡電玩，喜歡英文，也喜歡音樂。他拿起書本不見得為了閱讀，只為了那本書曾在某一個家庭場景帶給他美好的回憶。他在書本的字裡行間用豪放的線條寫下所有令他快樂的詞彙、新學的生字、或電玩雜誌上的遊戲介紹，為的只是與某段黏附於其上的回憶交流，至於書本內頁印刷的整齊文字對他來說反而只是空洞的線條，他那雙明亮的眼睛解讀不了。

某次我又追上因為當天行程表被改變數次而焦躁不已的他，又一次跟他在兩個不同的世界沉默。我想建議他回去吧，回到那個父母為他們好不容易建立起來的民宿兼庇護所，去學那些可以賺錢的技能吧，比如烘焙餅乾或搓芋圓，你都可以的，只需要再一點專心。努力練習摺疊床單或清掃的流程吧，這樣在民宿才能真正有所貢獻，你知道，成為有用的人。回去吧，你總要回到這個社會，你的價值在於你的生產力，你必須無止境地學習。

結果那次我只說了：「下一個紅綠燈我們左轉回去了好嗎？」

我們一起朝著那支紅綠燈前進，他還是不發一語，只是大力揮動手臂走著。我覺得他的情緒焦慮還沒降低，大概還是會走過這一支紅綠燈，都做好了與他再約定下一支紅綠燈的心理準備，但他竟然就在約定的紅綠燈前堅定地左轉了，轉頭輕輕看了我一眼。我來不及回應，只是傻傻跟在後面，然而就從那個瞬間開始，他的背影看來如此令人心安，如此令人親近，不再需要小心翼翼。

他們也許永遠不在意出賣路上的鴨子，也不在意蒲葵與桑椹，甚至不在乎鷺鷥起飛的瞬間在他們眼中造成了如何動態的改變，但確實地，他們跟著我們，欲迎還拒，一步步學習如何被定義，怎麼在這個世界被好好出賣。他們其實也許才是最謙卑的，那些永遠被劃在外面，永遠在學習如何被接受並定價的人們。

至於快樂先生，他只是一個賣地的人，也是一個對真實的奇特摹本。有一次我經過那孩子所蝸居的民宿沒有停下，只是繼續騎著摩托車前進，就看到標記著「快樂先生」的男性照片咧著嘴巴在路旁的巨大招牌上對我微笑，一張褪色前應該鮮豔異常的賣地廣告。最底下列了他的電話號碼，似乎還有著他等待被買斷的快樂。我忍不住想，如果真有人買了這塊地，會在上面種些什麼呢？會種園藝植物嗎？會豢養食用動物嗎？還是他會搭蓋一間民宿，擁抱另一個全新生活的夢想，成為下一個微笑的快樂先生？他的樣貌會不會早已在另一個塑膠招牌上打下清素的草稿，只等待時間著色？或許我該問的是，所有等待是不是都在重複，我們只是無法克制地前仆後繼，相信自己有所不同？

我再也沒去看過那塊招牌，那孩子後來也離開花蓮，去了別的地方嘗試新生活。偶爾我還會夢到快樂先生，他的臉因為雨霧及煙塵蒙上了灰漬，慢慢剩下難以辨認的輪廓，但那孩子的背影卻從來不受影響，在我偶爾來往出賣路時，還是浮現於寬廣無限的路上，雖然有點距離，但依然清澈透亮。

密語：提籃

給二十年後的自己

我夢見妳了，妳正在河邊取水。

妳手上的提籃非常緻密，籐編的，幾乎看不出縫隙。然而水還是一次次從籐條與籐條間流出，濺出水花，但對河水的行進不構成影響。妳嘗試了幾次，姿態與節奏都很恰當，流轉間溢出優美的流光。我覺得有點難堪，有點憤怒。妳卻只是回頭看我，那張背光的臉靜靜微笑起來。

為什麼會憤怒？

我確實知道自己二十年前的模樣，她幼小、脆弱，手肘內面與膝蓋後側細軟，燥熱時就會在其中煨出奇癢無比的紅斑。她相信只要一次次戰勝搔癢，不要因為一時歡快而摳抓那些彷彿小怪物留下的足跡，她就會成為了不起的大人。不過後來醫生說，這症狀長大就好了，而且機率高達九十五％。也就是說，無論有沒有奮勇與之對抗，她反正都會長大。

「要是沒有好呢？」

「就代表妳是那五％。」

紅斑逐漸不長了，但換成臉部肌膚在乾冷的冬季脫皮紅腫。在九十五％與五％之間，慢慢地，我學會用自己的脫皮狀況定義時間。對於搔癢，我不再像以前那般不耐，但對於這世界，我常常覺得自己二十年來從未改變。二十年來，我還是那個小女孩：總是於午後獨自趴在無人客廳的沙發上，讓全部長有紅斑的部位朝向空氣，一邊聽著對面小學操場上的嬉鬧聲，一邊告訴自己，忍耐，再忍耐。那個永遠等著什麼結束的小女孩，試圖用靜止對抗一切的小女孩。

不瞞妳說，我也曾真心渴望健康的身體。那時我告訴自己早睡早起，要運動，三餐定時定量，當然也不該喝酒，然而這似乎只讓忍耐從每一個片刻開始延長。為了符合那個健全而沒有缺陷的想像，我聽從大家的意見決定行為，並且一再反覆，試圖用所有準則撐起生活的骨架。然而脫皮紅腫沒有改善，只是消退的時間偶爾早些，但又變成任何季節都會發作。我強迫自己的結果似乎只讓失序變得迷人，一旦喝起酒來又是大醉，然後躺上床將自己蜷得像個胎兒，像這個世界除了那些彼此穿梭的準則之外，還在暗處準備了某個凹陷，夢一樣，願意將我安全地盛裝。

然後在缺乏季節流轉的時間中，我在某個故事中遇到了另一個自己。故事中的我是一個擺脫長期酗酒的男人，以為就要重獲新生。他管理一家健身中心的器材，就某方面而言，妳可以說他幫助許多人變得更健康。然而他負責收拾器材的房間對面卻有一個光彩刺目的LED廣告面板，它每天閃爍，在窗口重複播放不同的廣告直到所有不同失去界線。男人最後崩潰了，他不明白這些重複而多彩的閃光為什麼不能放過他。最後他拿起啤酒，坐在倉庫地板上，看著他剛剛打開的餵球機把一顆顆網球射向LED面板。他只能攻擊那個面板，他畢竟還是醉了。

妳知道，有時候我覺得，如果選擇了行動，就是一路走向不存在的盡頭。

像是出生在世界邊緣，一個球形的內裡，一開始雙腳貼著內壁。由於球形的重點只在於向內或向外，我並不清楚這樣算是直立或者倒立。人世間的事件是我手邊僅有的素材：無論正發生或者已發生。我用這些素材編織著向內的道路，而當這些都不夠的時候，我就刮一點身上的肉塞補。我妄想這些細膩的編織有著所有事件的色彩，並綴著我鮮甜的血。我逐漸填滿所有縫隙以利遊走，逐漸逼近球形中心。我一直用下一個倖存的自己前進，下一個更小的自己。儘管我害怕到了中心卻所剩無幾，或者說，儘管我害怕自己畢竟無法到達中心，卻仍然前進，前進，以免自己只是那個男人，永遠投擲著自己的憤恨。

但我想，妳是不害怕的吧。

在夢裡，我對妳的認知其實不過是種謬誤，而我的憤怒則是對真實的排拒。妳其實不是要取水吧，那優美的體態，其實只是要成為體態本身吧。對於河流妳是謙卑的，妳從未起過汲取的念頭；但我不是妳，還不是，只能伸手向前，卻又感到困惑。妳知道我還是想留住什麼的，但妳只是存在。妳用存在本身告訴我，這世界最完美的事物就是妳手中的提籃：它中空、柔韌，而且充滿了縫隙。

然後妳回頭，臉上光彩奪目，我才發現光源其實來自現在的我。妳的表情好像在說，看吧，其實事情沒有妳想像的困難，總之妳只要一直往前走，就會走到我這裡來。

水蟻和雨

花蓮除了讓我學會自然，也讓我學會災難。災難是需要學習的，畢竟沒有人能夠僅靠想像理解災難，也沒有人希望才理解就走到了終局。

在花蓮夏季的夜間大雨來臨前，先來報信的總是躁動著想要綿延子孫的水蟻，在將暗未暗的陰濕空氣中，遠方山脈覆滿白灰色的雲霧，街燈剛亮，大片的薄翅便結伴來襲。我在台北看到小小的飛蟻時就全身起滿疙瘩，然而花蓮的水蟻卻提醒了我這些疙瘩的無謂。每當我看到在地人在濕潤空氣中安靜走著，隨手揮開頸項上的幾隻大型水蟻，而一片片薄翅也在那人的揮散中如水花般散開落地，我便再一次明白自己的嬌弱與無用。我試過了，我試過用雨傘一邊揮開水蟻一邊行進，但那些薄翅透光閃爍拍打的密集度偶爾還是會讓我失去理智，再者，水蟻是在雨之前來，雨來後就消失。因此拿著傘的我不但看來可憐，還有一種失控的愚笨。

於是在這樣奇特的連結與訓練之下，我開始一反往常地喜愛夏日夜間的暴雨，至少當雨落下來時，空氣中的水氣不再飽和到彷彿一捏就要裂灑，而水蟻也已經完成那將死的求偶之舞：該繼續的繼續、該完成的完成、該失敗的失敗、該死的死。人的恐懼可以促成對死亡的歡欣，有時是自己的死亡，有時是他者的死亡，而在那些時刻，我確實因為這些蟻類的死亡感到安慰。至少是為了牠們失去翅膀而感到安慰。

然而夏日的颱風來襲又是另一種災難光景。那風是震動的，那雨是武器。水從屋頂或窗縫滲進來是一般的體驗，停電是最小的噩耗，而樹真的會在你面前死去。不只是折斷而已，是死去，就連那些只是歪斜的，你都幾乎能感到它們災後疲憊的嘆息。自從到花蓮念書之後，颱風登陸的地點都是我去過的所在，我坐在家中的大型玻璃窗前，看著雨水連續幾小時橫向掃去無盡的遠方，看著所有樹木植株真正為自己生命奮力搏鬥的形貌，偶爾會覺得自己的存在非常超寫實。災難就是這樣，是在對你咆哮，對你展現外在最赤裸的生存規則，於是你看著身上乾燥整齊的自己，突然認真開始思考自己和那些樹木最關鍵性的不同。

樹木在外面，你在裡面？不是。

樹木是植物，你是動物？好像也不是。

樹木不夠聰明，你聰明？定義不明確。

樹木不會恐懼，你會恐懼？也許。

有時風雨最強的時候是深夜，我看不見窗外的雨，於是乾脆拉起窗簾，平躺在床上，試圖迎來讓我與外在暫時隔絕的睡眠。然而也是在這種時候，我才明白雨可以有多強悍，可以在各種質地的物體上敲出各種聲音。在那麼厚重的大型雲團裡，這些雨必須要落下來，非得落下來，天空承受水氣的能力畢竟是有限的，然而如果無止境地超量接受，最後就是要以爆炸性的姿態還回去，一切都還回去，管它是哪裡。

而樹木承接，樹木修復，即便太陽再次升起，我們心存感激，樹木也不感激。樹木就是繼續活下去，或者早已來不及，如此而已。我們的教訓終究是我們的教訓。我們的存活不見得比樹木的死強悍。

地鳴

大地會發出聲響。

我在花蓮聽過幾次地震，是用聽的。我記得第一次是在清晨，我還躺在床上，就聽到外面有朦朧的悶響，頻率很高，彷彿大量電波隱隱向你發射襲來。我有點困惑，畢竟無法判定來源，甚至無法確定那是否真為一種「聲音」，還是純粹來自我半浸漬於夢境中的想像。接著一切就震動了起來。地鳴則在震動開始時瞬間消失。瞬間。餘下的就是物理性的搖晃。

地鳴似乎得在廣闊的地方才聽得清楚。畢竟地底變動的能量得傳入空氣，震動空氣，而產生的音波必須在寬廣的地方累積，才有辦法確實傳遞到人的耳膜。我在花蓮聽了幾次地鳴，每次心底都有一種不明的興奮，彷彿參與了地層底下才發生不久的錯動，彷彿這顆星球畢竟有屬於自己的語言系統，並且不介意讓我參與其中。

我住在台北的父母非常害怕地震，這份恐懼也不是無法理解。不過對我而言，尤其對之前曾身為孩子的我而言，地震是世界即將再次簇新的隱喻，彷彿一部刪去所有苦難的好萊塢電影。比如九二一大地震時，雖然住在台北的我在睡夢中被上下跳動的震顫驚醒，並且被父母瘋狂拉到公寓外的街上，最後還給塞進車內準備好隨時逃亡的姿態，我卻只記得其中令人腎上腺素噴發的快感。世界要毀滅了嗎？對孩子而言，尤其對沒有真正接觸過苦難的孩子而言，世界毀滅不過是最好的遊戲之一。

大地震過去十年後，我才在花蓮看了一部關於大地震後南投中寮的重建紀錄片。那是一部好漫長的紀錄片。在幾乎完全傾倒的小鎮當中，許多房舍屋瓦還維持著災難的姿態，而重建卻困難重重：在測量技師、建築師、預算執行委員以及所有相關官員層層來回辯論或卸責之中，許多老人繼續住在半毀的家園中，年輕人逐漸消失，然而留下來的人不能失望，他們無法失望。他們在失去歷史的地方努力尋找更重要的意義。

此後每當我聽見地鳴，就彷彿聽到有人哭泣。

後來我在台北買到一條圍巾，材料是生絲與縲縈，顏色則是用榕樹葉染的。那色調接近褐灰，帶一點隱隱的綠，我非常喜歡。不過我一直到後來才知道，這圍巾正是在中寮的農園裡編織染色。雖然地震摧毀了許多有形的建物，但植物卻總能帶著類似的時光繼續重複生長，於是那裡多了許多農園，而所有在地人也繼續和自然資源共同努力。比如這些圍巾就是用各種植物染的：馬藍、蔓玫瑰、福木、蔓澤蘭、茳花藤……近期似乎還在實驗絨毛芙蓉蘭的顏色，或者又直接用葉子在布料上搥染出脈絡。除了生絲或縲縈，其他還有使用了香蕉絲或棉線的圍巾，氣味顏色都深邃，是大地的延伸。

然而沒有什麼不是大地的延伸。無論形式如何變化，沒有什麼可以獨立於大地而存在。無論我們如何爭吵、如何辯論，字詞穿越時空又沾染了哪個時代的氣味，最後也不過像植物隨時序以微小的差異不停重複消長。當然，差異本身是最重要的，每個時代、每段年歲、每個季節、每次張眼，總之都是與前一刻的差異定義了我們這一刻的存在，也是與下一刻的差異定義了我們這一刻的努力。然而總有些物事是不變的，我們必須時時碰觸、時時聆聽，比如幽微的地鳴，儘管發響時如同背景，但那聲響從地層內部而來，輕易就能大過所有音響，穿透所有人的身體，消弭一切差異。

所以我總是期待自己再次聽聞，聽聞地鳴，只為了感覺地的壯大，只為了感覺心靈必要的渺小。

七個清晨

第一個清晨，我在陌生的房間醒來。

床墊上只鋪了薄薄的床單，畫著卜通圖案的淺藍色電扇在床尾緩緩轉動，發出漸強又漸弱的風聲。窗外可以聽到鳥鳴，細碎而響亮，我正驚訝著城市竟然可以有這麼自然的音響，才想到我已經移居花蓮郊區。

我起身坐在床邊，打開床邊矮櫃上的粉紅色小燈，前房客留下來的。在我有選擇的時候，我從來沒有因為任何物品挑過粉紅色，不過現在我的三個矮櫃是粉紅色、小燈是粉紅色、腳踏墊是粉紅色，連掛鉤都是粉紅色。

我甚至為了配合這一切買了粉紅色的瓷杯與靠枕。

太陽正要探出地平面，所以空氣雖然含有夏天的濕氣，卻還是帶著清晨慣有的涼意。我披上一件薄外套，環顧這個房間，基本配備已經足夠，但完全沒有生活的痕跡。堆疊且尚未整理的紙箱並沒有讓房間熱鬧起來，反而更讓一切顯得空曠。我試著把腳套進新買的拖鞋裡，腳趾沒有勾好，一隻拖鞋就這樣落在灰白的塑膠地板上，啪嗒一聲，介於清脆與沉悶之間。我又伸長腳試了一次，終於把兩隻腳掌安穩地放進底部鋪有小片竹蓆的涼爽拖鞋裡。

對了，拖鞋也買了粉色系。

我坐著，窗戶在我身後，陽光逐漸從窗簾的縫隙透進來，溫暖了我的背部。我伸手把小燈按熄，覺得太暗；把小燈按開，又覺得太亮。反覆了幾次，直到陽光終於傾倒蔓延了整個房間的地板，才下定決心不再按開小燈。

＊＊＊

第二個清晨，是斷斷續續的夢。

驚醒的時候，我已經不會再誤以為身在過往的城市，在夢裡，這樣的誤解卻是一種選擇。我穿梭在每一條既熟悉又遙遠的巷弄之間，明知道它們每分每秒都在現實中崩毀，卻又執意相信它們在我腦海中的形貌。

夢裡總是出現那家飲料店，在一個巷弄的轉角，面對一片小公園。它隱身在一大片擁擠的住家之間，一整片規矩的灰色之間，唯一凸顯的就是那串用麻繩綁起的光碟片。光碟片的銀色在這裡是純粹的顏色，是純粹的光亮，那光亮和所有原本該與電腦相連的科技都無關，只是陽光折射進我們眼睛的所有瞬間。

飲料店的內部卻是蒼白又空曠，隨著我一次次墮回夢境，那蒼白竟然更甚於我以往的記憶。裡面只有一個冰櫃、一個工作檯、一台封口機，和兩張一筆一畫用簽字筆寫出來的亮黃色海報。海報的每排字都有點往下斜，直到那傾斜成為無法避免。

有些片段的夢裡我走路經過，有些夢裡我則辛苦地騎腳踏車，身上冒著熱氣與微微的汗。更多時候我坐在J的機車後座，問他要不要去買一杯飲料試試，他卻從來沒有回答。

在最後一次驚醒之前，我獨自走進飲料店，緊張如同幼年第一次捏著零錢去便利店買母親交代的雞蛋。飲料很甜，太甜了，老闆問我是不是一個人，我點點頭。

驚醒之後，我把積欠了一個禮拜的衣服拿到陽台去洗，然後決定等太陽升得夠高，就要獨自騎著機車經過那蒼白無人的寬大省道，去那家現在完全屬於我的飲料店。

我一個人。

＊＊＊

第三個清晨，我在海上。

花蓮的道路我逐漸熟悉了，騎著摩托車可以到達的地方於是越來越多。然而方向感不好的結果，就是非得把地圖死記起來，而且一旦轉錯一個彎，就只能想辦法繞回當初犯錯的路口，重新選擇一次。

S和D是來自丹麥的情侶，兩人都有一頭淺金色的漂亮頭髮。為了招待他們，我第一次如此積極地蒐集旅遊訊息，原本終於功成身退的地圖集也因此翻看了無數次，就希望之於花蓮，我可以比他們更不像個陌生的過客。

為了讓他們在最適當的時間去賞鯨，我計畫某日天未亮就得起床，一起騎車到港口邊集合準備出發。那是一條我和朋友們一起走過的路，我原本對於獨自帶路極有信心，然而到了出發前晚，夜幕深深將我包裹，我卻害怕了起來。

安靜的房內，每個聲響都讓我驚懼：風穿過天花板、水龍頭滴下幾滴細小的水珠、沒掛好的衣服落到桌上、走廊上房東養的大狗翻了個身。

如果走錯了，就走到對為止，不過就是這麼簡單，不是嗎？

我還是失眠了整晚，最後全身緊繃地一次就帶著他們騎到目的地，沿途緊緊盯著我從未看過的花蓮深夜，以及在深夜孤獨亮著的成排路燈。終於，我們在預定的清冷時分上了船，在海面看到太陽慢慢升起，以及那橘色的光細軟如蛇爬上海的每一道波紋。S和D在一旁卻說好快呀，how fast，他們說，在丹麥，太陽要不是久久不願升起，就是久久不願落下。

於是我開始試著相信，世界如此遼闊，儘管我們耽溺堅實的陸地，海卻願意牽連一切。

***

第四個清晨，我喝醉。

喝醉是一種奇異的狀態，介於樂觀與悲觀之間。在極冷的冬夜，因為一點其實不算毀滅性的挫折，我把冰箱裡剩下的一些甜酒倒進杯子，加了許多牛奶，便身子發熱地輕輕迷醉起來。

那是一年的最後一天，許多年輕人跑去熱鬧的場地，唱歌、尖叫、彼此擁抱或者親吻，那些場地通常最後都有煙火，一道道火光在黑暗中瘋狂地炸開，然後就是剩下的煙，迷迷濛濛蓋住附近的群眾，幾個嬰兒通常會在這個時候因為驚嚇大哭起來，沒有人聽到父母的聲音，但大家都知道他們正一邊興奮著新年的來臨，一邊對孩子輕聲細語，試圖安撫。

都是一樣的，都是介於樂觀與悲觀之間。如果深信這一年來無所後悔，也不需要年末這如同拋棄過去以重新開始的儀式；如果真的對未來無所期待，這樣的儀式同樣沒有必要存在。都是一樣的，需要一點點醉，不至於死，就彷彿在清醒之後獲得另一個開始的可能。

在新的一年的第一個口出之前，我和K到便利商店繼續喝酒。在甜酒之後，嗆辣的威士忌顯得更有活力。我們說了許多話，大部分都是說了就可以立刻忘記的小事，但就在這樣的語言丟擲之間，我們欣喜於時間的逝去。我們或許都害怕這樣一個過度被儀式化的夜晚，因為我們明白，最大的困難是生活，然而最好的治療也仍然是生活。

於是等天空終於淡淡亮了起來，我們便歪倒地坐在便利商店之前，面向那剛剛升起且充滿象徵含義的太陽，一邊想著各個遙遠的地方：有人參加升旗典禮、有人剛從KTV離開、有人小聲告訴自己，這又是新的一年。

然後我和K各自回家，各自睡去，期待下一次清醒，就回到我們也許無力但親愛的生活。

＊＊＊

第五個清晨，我跟貓鬧彆扭。

貓是L託我照顧的，L因為工作一出國就是半年，為了讓貓能給信任的熟人照顧，這個小傢伙只好和我一樣翻山越嶺來到花蓮。

這貓還是個愛玩的女孩，從小也被L寵得黏人。她始終認為自己是人，對於其他的貓總是視若無睹。她對陌生人的直覺極其敏銳，知道誰會對她好，誰只會把她當成玩具。而我，對她來說則是一個天生的奴隸。

只要不睡覺，她就一定在房內奔跑，沿途把各種堆在房內的零碎小東西掃到地上，比起整理的麻煩，那興奮嬌嗔的青春氣息更能將我惹惱。明知她是一隻貓，每當她可以毫無顧忌地玩鬧，或是不顧我的疲累同我碎碎話語之時，我還是每次氣她不體貼，然後氣自己總是原諒，總是一再忍耐。

那天清晨她不知道又打翻了什麼，我微微醒來，沒有睜開眼睛。半夢半醒間我感覺露在棉被外的手臂有點涼，但那是暑熱尚未完全來襲前的委婉冰涼。她似乎又翻倒了一些東西，發出塑膠製品散落一地的聲響。我幾乎完全醒了，卻又不願睜開眼睛，只用整個身體與透過眼皮的微光判斷這是清晨，我應該要好好休息的清晨。然而她不放過我，似乎又跳到那堆翻倒的東西上，發出一地驕傲的碎裂聲。我生起氣來，猛然起身，抓起換了厚織外罩的靠枕往她扔去。

沒有命中，我一邊惱怒一邊鬆了口氣。

她躲在遠遠的角落，眼睛亮晶晶地瞅著我。我狠狠瞪她一眼，她舔舔自己的前腳。我在心裡跟她說我們走著瞧，她邊舔邊斜著眼對我說，是嗎。

然後我躲回棉被，聽到她因為鈴鐺似的鳥聲，窸窸窣窣鑽到被陽光染得一片亮黃的窗簾之後。

＊＊＊

第六個清晨，痛。

來花蓮幾年之後，大概是因為不太會照顧自己，也因為年紀已經不再允許自己揮霍青春，身體開始變得虛弱易病。

尤其下腹部常常毫無原由地痛起來，像是裡面養了一個小鬼，隨他心情，一旦興起就用他尖尖的爪子抓擰我的臟器。那令人心慌的痛楚沒有固定的位置或形狀，一旦蔓延開來每每讓我不由得心生恐懼。有時候一痛是三天，運氣好時則只有一日。然而在各種大小檢查都無法確定原因之後，我決定跟這個小鬼好好相處。

那夜我在黑暗中痛醒，過程非常細微且令人迷惑。一開始，我以為我做了一個夢，裡面有一個孩子似的生物把我的腹部像彈簧床一般瘋狂跳著，然後我開始察覺那不是夢，那似乎是一個對現狀的比喻，由我鬆軟但確實存在的意識運作。接著我對這個意識感到困惑，張開眼睛，看到一片黑暗。我等著，終於知覺一點一滴回到我真實存在的身體，才讓我在腦海中揀選出了那個正確的字，痛。

我從床上爬起來，彎著身體坐到我平日賴以為生的電腦前。我告訴自己，這沒什麼，不過就是痛，再痛都是我的身體。我拿出電熱毯，輕輕覆蓋住下腹的小鬼，泡了一杯溫暖的黑糖穩定我的身體與神經，然後播放起網路上的綜藝節目，告訴自己，笑，和小鬼一起笑吧，小鬼是你的一部分，接受他。

不知不覺房內已經是溫暖的米色，因為雲多，這天感受不到清晨陽光直接的炙熱，小鬼也似乎在這一片靜謐中悄悄睡著了。我幾乎可以感受到他在我的腹部蜷縮著，頭上兩隻小小的角只輕輕頂著我的子宮，幾乎像是一個純潔的嬰孩。
於是我接受他，如同接受生命中其他邪惡的溫柔。

＊＊＊

第七個清晨是反覆的道別。

有些週末M來花蓮找我，直到週一的一大早才搭火車離開。那班火車是六點十五分發車，如果是冬季，那個時刻的天光將明未明，我總是送他離開後獨自去速食店吃一份簡便的早餐，等著整片落地窗外的街景完全明亮起來，再迎著朝陽與帶著霧氣的寒風獨自騎車回家。而在季節逐漸推移的此時，天開始亮得早了，有時明明還在去火車站的路上，我們就一起看到了日出，彷彿之前在寒夜裡瑟縮前行的兩人不過是誤闖了一場曖昧不明的夢境。

一開始的道別總是艱難，如同我道別城市來到花蓮，但久了之後，每一次移動只是重新標記了起點與終點，如同我即將離開花蓮，但也同時要回到城市，沒有哪一邊真正令人傷感或歡欣，因為它們一樣重要。

因為一樣重要，每次目送M的離開也不再沉重，而平日少見的清晨反而在這種情懷中更令人感到親密。我開始注意路燈在微光中一同熄滅的時刻，剛熄滅的燈因為在我眼中留下殘影，所以一開始顯得異常陰暗，之後才慢慢回復燈罩原本應有的塑膠白。六點十五分的花蓮車站其實比想像中熱鬧，因為剛好是上班前最後且最快的車班，所以眾多提著公事包或拉著出差旅行箱的人們此時一齊湧入車站，然而這也是一種異常安靜的熱鬧，混雜著一點睡眼惺忪或者週一的憂鬱，無論季節，都讓他們在這樣的清晨拉緊外套或豎起領子，如一條條清淺的支流匯入所有相似的人群中。

然後我也輕巧地轉身，騎車回到我郊區的住處，一次次跨越那條必須花五分鐘才能通過的河谷大橋。河谷是寬闊的，暗示了海，天空在此處也寬廣得令人偶爾迷惑。然而只要是清晨，這裡很難不令人屏息，即使是陰鬱的天氣，當陽光從厚厚的雲層後透出，無意地以山為背景，在灰白細密的河床上落下幾道散亂的筆觸，我總是無法克制地轉頭望去，然後偶然發現另外一位機車騎士，同樣在這麼一個清晨，和我孤獨地在橋上，望著同一個方向。

尾聲：道別

離開伊斯坦堡的前兩天，我在一家充滿番茄味的自助餐廳裡，一邊喝著加了米粒與檸檬汁的香料湯，一邊從電視上看到一起自殺炸彈的新聞報導，畫面裡的人群非常驚慌，到處奔逃，我轉頭，試圖用英文問老闆是不是今天發生的事，他似懂非懂，只笑著安撫我，「not here」，不在這裡，然後跟我收取了四里拉的餐費，折合台幣不到七十元。

我回到旅館房間，連上網路，發現果然又是庫德族發動的自殺炸彈攻擊，正如同我抵達伊斯坦堡的前一天，土耳其首都安卡拉才發生類似事件，當時有三人死亡，十五人受傷。也就是同一天，我收拾了行李，整夜沒睡，只為了隔天離開台灣，就要向自己過去的生活道別。

伊斯坦堡是座觀光大城，生意人的臉上都帶著張揚的微笑，他們問你的姓名、問你的來處、稱讚你的國家，甚至稱讚你的微笑，但在話語底層，你感覺到他們的焦急如暗潮湧動。他們要你坐他的船漫遊博斯普魯斯海峽、喝他拜託腳踏車小弟送來的蘋果茶，或者撫摸他殷勤遞上的羊毛披巾，然後，他要你掏出錢來，一次一次，用你的悠閒換取他們從古蹟當中滲出的強大與憂傷。

整趟旅程當中，似乎無人在意日前才在首都發生的攻擊。遊客當然還是四處流竄，當中常見的是參加旅行團的老人們，總趨光似地跟著導遊手上的鮮豔塑膠花聽取解說，一旁則有背包客眼神犀利，正和經營馬車服務的小販為了費用嚷嚷爭吵；當地人更是對各種攻擊習以為常，只是個個在秋日穿著簡便而現代的服裝，一樣丟錢給路邊包著頭巾行乞的婦女，一樣為遊客的餐點反覆烤熟眾多長條的綠辣椒，甚至一樣在足球比賽結束的週末，一群年輕人圍在渡船口的廣場，高聲地唱起歌來。

清真寺外的秋陽下，鴿子也還是鴿子。和世界各地的鴿子一樣，牠們成群結隊，等著觀光客從木製小亭下的老人手中接過藤編盤子，然後將小米一把把撒在骯髒的地面。臨時的餵養，臨時的乞食，施予者與受贈者的面貌一樣眾多而模糊，彷彿一場真摯的遊戲，輕易就買斷了其中的曖昧。

唯一顯眼的緊張氣氛，只有隨處可見的警衛與X光機，尤其在觀光景點，他們不想嚇著你，但又不要你隨便，所以總是笑著要你把行李放上輸送帶，才冷酷檢視畫面上

藍白色的霧狀形體，接著卻又不忘對你露齒微笑。儘管偶爾出了問題，他們開口探詢，那猜疑卻也是極其小心，

但如果不是觀光區，他們就會對你比較嚴厲。身為文明古國的子民，他們不喜歡庫德族人的自治運動，不喜歡他們彷彿要加速國家衰頹的民族情感。所以當我走進郊區的家樂福，明明是偌大的連鎖企業，裡面也有好些個在消費的對象，門口的警衛卻偏偏對我的行李研究許久，甚至在結帳出了一點問題時，帶著鷹一般的眼睛在我近身來回盤旋。

於是那一瞬間，我不再是遊客，只是一位笨拙而顯眼的外來者。我慢慢走出賣場，看見許多家庭魚貫出入，和台灣一樣，有些人欣喜愉悅，有些人抑鬱非常，而結帳的店員則普遍寡言，不再像觀光區的人們那樣說笑，我想畢竟這裡是日常，儘管到了亞洲的最西邊，生活還是有它必須承受的樣貌。

也就是在那時候，我才明白道別的困難。雖然離家這麼遠了，但道別從不只是逃離，還是回歸的慾望。

在來土耳其的飛機上，我隔壁坐了一位維吾爾族人。他本來只談到自己民族和土耳

其人都是突厥後裔，並說這次是要去土耳其探親，但在將近十一個小時的航程中，他終於慢慢說出自己的身世：兩年前，他在新疆自治區首府烏魯木齊，也就是七五事件的現場。那時全城沸騰，他說，大家都知道要出事了。他本來也打算去和中國政府衝突，但母親瘋狂打他手機，要他回家，他最後雖然回了頭，但衣服已經沾上鎮暴部隊發射的油漆，從此進入黑名單。他被關了一陣子，母親花了畢生積蓄才把他救出來，送去澳洲讀書。他跟幾個遭遇類似的新疆青年合租房子，半工半讀，兼了五份差事，有一餐沒一餐，而這次是離開新疆後，第一次要去土耳其和母親會合。

我問他幾歲，他說十九，飛機經過新疆上空時，他不停看著座位前面的航行地圖，唱起了新疆民謠。

他從沒想過必須這樣和母親道別，但轉眼已經在外流離，而我當時卻在追求隨處流浪的自由。之後在土耳其較為貧困的舊城區中，我又看到一位抑鬱的少年，坐在君士坦丁堡遺跡的頂端。他只比那位飛機上的青年小一些，戴著眼鏡，直愣愣地盯著遠方的天際線。超過千年的古蹟無法帶領他穿越困境，也無法解決他的階級問題，而就在他破舊的書包旁，之前某一位也許與他相似的少年，則在這道千年風雨也沒有摧毀的石牆上，用噴漆留下了一隻藍色的眼睛。

離開伊斯坦堡的當天，我在機場買了一份英文報紙，試圖搜尋更多有關自殺炸彈的消息，卻只找到非常簡短的描述：土耳其政府日前密集轟炸庫德族位於伊拉克的基地，庫德族於是用自殺炸彈做出反擊，不過在首都的攻擊後，他們第二次只選在南部一個叫安塔利亞的觀光小鎮，而且炸彈客因為不明原因提早爆炸，甚至沒有走到預定攻擊的憲兵隊，所以那其實只算一次失敗的攻擊。

失敗的攻擊，成功的攻擊，我卻不知如何看待其中差異。

坐在登機口，我只是忍不住想知道炸彈客的名字，想知道他要出發的那天早上，晨光在他皮膚上是什麼溫度？火藥纏到身上的過程順利嗎？他有沒有向家人道別？有沒有向朋友道別？最重要的是，他有沒有向自己道別？如果有的話，他又說了些什麼？嘿，這是為了民族大義。我們已經住在這裡四千多年，和土耳其人的語言不同、文化不同、價值觀也不同，他們卻不讓我們自治，還武力鎮壓我們，這是不對的。所以，這次就委屈你了。不要害怕，腳步要穩，你可不想出什麼差錯，雖然不是怕死，還真的不是怕死，但這畢竟是你能做的最後一件事。

總之，再見了。

經過兩個禮拜的旅行，我成功回到台灣。走出桃園機場，撲面而來的就是熟悉的濕氣及冷雨。我在客運站等待，旁邊一位德國觀光客拿著旅行書，正在和不友善的機場人員努力溝通，那樣的熱切，那樣的發光眼神，彷彿我在此地的日常生活不過是存於平行世界的幻覺。我看著從陰冷雲層中穿出的細細雨絲，彼此重疊又取消，又在地上匯聚成各種形狀的水流。然後突然下定決心，從提袋掏出在伊斯坦堡購買的金屬手鍊，滑上手腕，摸了摸上面的靛藍孔雀石，知道就從此刻，另一場道別又即將開始。

【後記】

既然未來還等在彼方

一

我一直很抗拒散文。對我來說，散文是對生活片段的詮釋，是留住每個確切的當下；不像小說，小說大多是提問、是辯解、是把自己摺疊後擺出堪稱接受的形貌，因此即便在小說裡洩漏了自己的身影，那也不過是身影，是被故事篩過的光點。

或許就像波特萊爾在〈窗口〉這篇短文中所說的：「一位從打開的窗戶向裡看的人，絕不如一位只看關閉著窗戶的人所看到的事情多。一扇被蠟燭照亮的窗戶，是最深邃、最神祕、最豐富、最陰鬱、最刺眼的。人們在陽光下所看到的東西永遠不如在一塊玻璃後面發生的事情更有趣、更引人。在這個黑洞洞的或是光亮的窗洞裡，生命在生長、夢想、受難。」

如果進一步談，我似乎一直有種彷彿被人跟蹤的恐懼，當然這是一種空無的恐懼。我一直害怕自己洩漏太多，並害怕自己因此被「找出來」。然而被誰「找出來」呢？我並沒有敵人，也從未真正在躲藏，然而生活對我來說始終有種滲透的特質，所以要是不做些什麼保護自己，我總覺得自己就要失敗、就要被改變成另一種不對勁的形貌。就連留下自己對生活的詮釋都太危險，彷彿隨時會被拿去當成自我失敗的證據。

不過我後來慢慢意識到，問題或許出在語言。問題不在我的視角、我的情感，甚至我的價值觀，而是語言。如果更深層地講，在於架構語言的基本原則。我一直在尋找一種適切的方式整理自己，不見得正確，但必須適切。我需要一種自我分類的方式，並據此來決定何種事物於我重要，又是何種事物於我可以輕易割捨，並不帶一絲無謂的罪惡。再進一步講，我需要找出一種足以負責的方式去愛，無論是對於自己、對於情人、對於家人、對於朋友、對於他人，甚至種種與我無關的生命或物事。

於是離開台北到花蓮求學是我向內檢視的開始，因為迷上奧罕．帕慕克而去伊斯坦堡旅行更是美好的體驗。帕慕克的《伊斯坦堡》實在哀傷得太美，「渡輪的引擎聲像我祖母的縫紉機，接近碼頭時突然中斷；窗戶停止抖動，金角灣平靜的海水，提著五十個籃子和公雞母雞上船的老太婆，希臘舊區的窄街，後方的小工廠和倉庫、桶子、舊車胎、在城裡漫遊的馬車——這一切看上去就像百年前精心描繪的黑白明信片。渡輪離開岸邊，窗戶又開始抖動，我們朝對岸的墓園駛去，此時從船煙囪冒出的黑煙讓景色籠罩在憂傷中，看上去更像一幅畫。有時天空似乎黑沉沉，但而後，就像影片的某一角忽然冒出紅光，寒冷的雪光突然出現。」

對於帕慕克而言，伊斯坦堡是他成長的所在，雖然曾經離開，但大部分的光陰還是留在那個城市。伊斯坦堡是我的他方，卻是他的此地。如果有一個人能將此地寫得那樣令人迷戀，或許我該去看看，並因此讓我身邊的此地立體起來。

所以我離開、回來、離開、又回來，在過程中開始為自己拉出更多座標，也試圖在語言中納入更多。當然一開始不是有意識的，我只是盡量讓自己處於瘋狂吞吃的狀態。直到有一天，我突然覺得可以了。我相信自己的語言或許長出一種柔韌的姿態，足以把內心相信或感受到的事物整理進去，並且容許輕微的憂鬱、小心的自大，以及最重要的：可能的錯誤與失敗。

二

我一直記得，在高中即將畢業時，我的直屬學妹寫了一封信給我。當時的高中女生真的很愛寫信。她問我高中生活快樂嗎？如果要我重來一次，我願意嗎？我瞪著這個問題想了很久，真的很久，最後才終於在回信上寫了：我很喜歡我的高中生活，但要是重來一次的話，就實在太辛苦了。

這件事情我一直記得，但並不是時常想起。後來我開始創作，寫了一些作品，也開始發表，於是有些不認識的朋友會透過網路找我談話。印象最深刻的是一位高中女生，她說自己喜歡文學，但家長希望她去念醫科。她說自己在班上並不快樂，因為沒有人喜歡閱讀，所以也沒有交心的對象。她的話語感覺有些散亂，有些無助，彷彿需要一點信心，所以最後問了：既然在創作了，妳喜歡妳現在的生活嗎？

生活中總是會有這樣的「真實時刻」，不是「實話時刻」，但卻是「真實時刻」。在思考如何回答的短暫時刻，我突然想起高中那段回憶，才突然意識到，當時我的答案後半是真心話，前半卻只是一個結論。我可以說自己喜歡高中生活，也可以說不喜歡，然而兩種答案都不重要，都不足以反映那段時間複雜的真實。但是我可以說「我喜歡」，我至少還有這個選擇。

所以我說，雖然很辛苦，但是我很喜歡。

既然未來還等在彼方，那就盡量溫柔以待。

三

最近看了一部紀錄片，內容是一位因為癌症而垂死的女人，記錄者則是她的同性密友，同時也是前情人，然而記錄的那段時間兩人關係曖昧，並沒有任何確切的身分。那是我看過最悲傷的紀錄片，但同時又讓我感到強烈的憤怒。

在片中，被記錄者在最脆弱的時候仍然愛著記錄者，雖然這份愛或許受到病弱將死的激化，然而無法否認，那份愛確實非常濃烈。因此，觀眾看到的不只是一個儘管面對死亡仍盡量打起精神的女人，還是一個為了愛人注視而強打精神的女人。她的笑、她的樂觀、她的玩笑、她的誇張的笑鬧，為的全是回應那雙眼睛。

於是觀眾的身分和記錄者以一種極為迫近的方式重疊了，你彷彿能感覺到鏡頭那端對你傳來濃烈的愛；但你和記錄者之間又存在一種絕對性的割裂，因為你不知道自己／記錄者對她的確切情感。你愛她嗎？你辜負她了嗎？人家愛你，你要誠實，但我確實不知道呀。她要死了，她就要死了呀，然而就連時間也產生了巨大的割裂，畢竟她在十年前就已經死了，現在播放的只是她的殘影。

人是無法和殘影戀愛的，當然也無法辜負。我知道，我理智上確實知道。

那天看完影片回家，我感到巨大而挫敗的憤怒。那不是對於死亡無法逆轉的無助，甚至也不是對於愛情無法永遠得到完美回應的失望，而是因為某段（幾乎像是我自身的）時光殘影以無可匹敵之姿朝我撲來，我卻發現自己毫無準備。生命會終結，勢必會終結，然而要是無法平撫殘像當中未完成的遺憾，人似乎就會被卡死在一個凹陷中，而我當時感受到的就是這種類似的凹陷。沒有語言可以填滿這個凹陷，也沒有語言足以形容這個凹陷。

四

所以除了容許錯誤，我還希望書寫能幫助我脫出這些凹陷，並努力朝著未來擲去。

因此，這本作品談的全是他方。那也是一種丟擲的方式。我在城市長大，所以喜歡城市（當然這裡的喜歡是一種選擇），於是也喜歡以城市的概念作為寫作的中心基點（這裡的喜歡倒是真心話）。儘管我總是害怕被外在生活滲透侵蝕，然而事實是，我早已被太多事物滲透侵蝕，而城市概念也是其中之一。我不是能夠隨時到處浪遊的人，但我有我的基準點，有我遠去又回歸的熟悉姿態。所以我選擇這麼寫。

我選擇讓自己在遠去與回歸之間流動，停滯，再流動，並因此不停往下探勘關於此地與他方的更多祕密。如同帕慕克繼續如此這般描述伊斯坦堡：「這是不是伊斯坦堡的祕密——在輝煌的歷史底下，貧困的生活、對外的古蹟與美景、貧窮的人民把城市的靈魂藏在脆弱的網路中？但我們在此處折回原點，因為不管我們提起有關城市本質的什麼，都更多地反映我們本身的生活與心境。除了我們本身之外，城市沒有其他的中心。」然後我了解，在因為來回反覆而更顯深刻的刻畫中，文字或許可以接近本質，只是外物的本質永遠必須倚靠自身來映射。

於是到了這個階段，我必須試著相信：除了我們本身，我們沒有其他中心。

葉佳怡《不安全的慾望》
黃麗群《背後歌》
聯合新書講座

主題／在幸福背後嚼舌根

對談人：葉佳怡 V.S. 黃麗群

時　間：2013/04/23（二）20:00～21:00

地　點：誠品信義店3F Mini Forum
（台北市松高路11號）

活動洽詢電話：
寶瓶／02-2749-4988
聯文／02-2766-6759 轉5104

※免費入場・座位有限

國家圖書館預行編目資料

不安全的慾望／葉佳怡著
--初版.--臺北市：寶瓶文化, 2013.04
面； 公分.--(Island；198)

ISBN 978-986-5896-23-2（平裝）

855 102005043

Island 198

不安全的慾望

作者／葉佳怡

發行人／張寶琴
社長兼總編輯／朱亞君
主編／張純玲・簡伊玲
編輯／禹鐘月・賴逸娟
美術主編／林慧雯
校對／禹鐘月・陳佩伶・呂佳真・葉佳怡
企劃副理／蘇靜玲
業務經理／盧金城
財務主任／歐素琪 業務助理／林裕翔
出版者／寶瓶文化事業有限公司
地址／台北市110信義區基隆路一段180號8樓
電話／(02) 27494988 傳真／(02) 27495072
郵政劃撥／19446403 寶瓶文化事業有限公司
印刷廠／世和印製企業有限公司
總經銷／大和書報圖書股份有限公司 電話／(02) 89902588
地址／新北市五股工業區五工五路2號 傳真／(02) 22997900
E-mail／aquarius@udngroup.com

法律顧問／理律法律事務所陳長文律師、蔣大中律師
如有破損或裝訂錯誤，請寄回本公司更換
著作完成日期／二〇一二年十月
初版一刷日期／二〇一三年四月
初版二刷日期／二〇一三年四月三日

ISBN／978-986-5896-23-2
定價／三〇〇元

AQUARIUS 寶瓶 文化事業

愛書人卡

感謝您熱心的為我們填寫，
對您的意見，我們會認真的加以參考，
希望寶瓶文化推出的每一本書，都能得到您的肯定與永遠的支持。

系列：Island198　書名：不安全的慾望

1. 姓名：＿＿＿＿＿＿＿＿　性別：□男　□女
2. 生日：＿＿年＿＿月＿＿日
3. 教育程度：□大學以上　□大學　□專科　□高中、高職　□高中職以下
4. 職業：＿＿＿＿＿＿
5. 聯絡地址：＿＿＿＿＿＿＿＿＿＿＿＿＿＿＿
   聯絡電話：＿＿＿＿＿＿＿＿　手機：＿＿＿＿＿＿＿＿
6. E-mail信箱：＿＿＿＿＿＿＿＿＿＿＿＿＿＿
   □同意　□不同意　免費獲得寶瓶文化叢書訊息
7. 購買日期：＿＿年＿＿月＿＿日
8. 您得知本書的管道：□報紙／雜誌　□電視／電台　□親友介紹　□逛書店　□網路　□傳單／海報　□廣告　□其他
9. 您在哪裡買到本書：□書店，店名＿＿＿＿＿＿　□劃撥　□現場活動　□贈書　□網路購書，網站名稱：＿＿＿＿＿＿　□其他＿＿＿＿＿＿
10. 對本書的建議：（請填代號　1. 滿意　2. 尚可　3. 再改進，請提供意見）
    內容：＿＿＿＿＿＿＿＿＿＿
    封面：＿＿＿＿＿＿＿＿＿＿
    編排：＿＿＿＿＿＿＿＿＿＿
    其他：＿＿＿＿＿＿＿＿＿＿
    綜合意見：＿＿＿＿＿＿＿＿＿＿＿＿＿＿＿＿＿＿＿＿
11. 希望我們未來出版哪一類的書籍：＿＿＿＿＿＿＿＿＿＿＿＿

讓文字與書寫的聲音大鳴大放

寶瓶文化事業有限公司

（請沿此虛線剪下）

廣　告　回　函
北區郵政管理局登記
證北台字15345號
免貼郵票

寶瓶文化事業有限公司　　收

110台北市信義區基隆路一段180號8樓

8F,180 KEELUNG RD.,SEC.1,

TAIPEI.(110)TAIWAN R.O.C.

（請沿虛線對折後寄回，謝謝）